植物芬芳的日常異想

一棵樹的氣味光景

何欣潔 Poky——著

目次

香氣隨筆創作

香氣騎士

芳療作家兼獨立講師　Gina（許怡蘭）

二〇一二年，當我們初次在課堂相遇時，彼此都沒預料到會在芳療這條路上同行這麼遠。那時 Poky 仍然從事化學本科相關工作，第一次來報名，就碰上〈芳香療法有機化學〉。幾個月後她又參加了我的〈芳香塔羅〉培訓班，然後馬上跟大夥兒一塊去普羅旺斯，進行法系芳療研習兼芳香之旅，接著在知名學院取得了英系 IFA 證照……

這位常被我稱爲文青（稱讚意味）的奇女子，有天來信約喝下午茶。我以爲是風花雪月，結果聊的不是八卦，而是：「該如何從事精油事業」。我試圖勸退眼前這位年輕人，希望她不要誤入歧途，不料，這人是認眞的。也就是這種認眞，讓 Poky 理性的頭腦和感性的靈魂，終能合作無間，呈現非常有個人特色、非常獨特的芳香療法風格，在這些年磨練累積下，已成爲獨當一面的優秀講師。

本書的定位是「香氣書寫」，這類作品目前在出版界比較少，因爲整個社會、整個市場，都不停地用現實來耳提面命「快告訴我〇〇精油的療效」。卽使是只講究能量、不講究藥性的靈性派擁護者，也很難擺脫工具化和功利化的泥沼。有辦法挺直腰桿，逆風向整個趨勢說NO的人，有勇氣把「美學」當成寫作核心的人，我並沒認識過太多位。當中有呼風喚雨的泰斗大師，也有像Poky這樣騎著瘦馬、挺著鈍槍的唐吉訶德。

別以爲唐吉訶德只作無謀之舉，這是描寫香氣非常到位的作品，並不止步於「香氣書寫」，而提供了按圖索驥的氣味積木，每個單元的調香配方甚至可以挑起好勝心。凡是還保留著天眞靈魂的人，在閱讀時會難掩興奮！

對老手而言，可與心中已知的香氣印象做核對，並進一步擴大到未知領域。但它對新手來說仍然相當友善，筆風平易近人，卽使手邊沒有那些五花八門的精油，也可以學習到如何用鼻子觀察與描述這個世界。處理嗅覺的區域位於古老的「邊緣系統」，語言、文字的區塊則是「大腦皮質」，各據一方，有時我們難免因此感到辭窮。不過描述氣味的技巧和能力，其實可以被訓練。

《植物芬芳的日常異想》是一本有點傻氣的書。但它很美，文青外表下是鄉下孩子那種樸拙的美。當你想透過嗅覺記憶，回顧成長過程的喜悅和悲傷時，請記得翻翻這本書。

在香氣裡迷走

從氣味出發，經驗未知的自由境地

香氣吸引我們留心去感受，是自然而然。

當我安靜下來，閉上眼，全心全意在一口呼吸上，時空與自己似乎都緩緩飄落，專注著聆聽香氣，也聆聽內在。身體放鬆，內在好像有某些部分，也慢慢鬆動著。

最初開始面對香氣，原以爲是一種判斷洋芋片口味的考題，這是果實類的佛手柑、那是木頭類的檀香……彷佛非黑卽白，事事有標準答案。實際品聞時，氣味其實像一首交響樂，數十到數百種音色，拼組合作，有時一起奔放而出，有時並行，有時跳躍，有時沉穩如山，先後次序，交疊錯落。有些譜奏出的是簡單的小曲子，有些則是繁複的樂章。

氣味本爲無形之物，透過人的感知，從物到境，由實際的酸甜苦澀，到生活的物件或經歷，延伸成個人一段日子或一個時期的記憶。這些互動，彷彿一趟私人又神祕的旅行。從客觀到主觀，最後在感受與自我間激盪出新的詮釋，很有東方哲學稱爲品味的樣子。於是，我著迷於每一個來到面前的香氣，滿心期待隨著氣息出現的光景。

十多年前遇見天然精油，開始與這些小瓶子結下不解之緣。如果緩緩地畫出他們的結構，五個碳、十個碳，補上氫，加一個氧，偶爾加一個氮，可能是六碳的環，可能是共振結構的雙鍵……這些再熟悉不過的符號，竟有如此奇異的芬芳。只不過這次合成他們的不是實驗室，是天然的植物，是老天爺。

芳香植物是自然界中特別的一群植物，他們分泌芳香分子，並將其儲存在特定的部位裡。人們取其特定部位，濃縮萃取成爲所謂的精油。每當聞香時，便能夠意識來到面前的是一棵大樹或一片草原，或許是我獨鍾天然精油的原因吧！

這十幾年來，我走入與香氣互動的日子，慢慢記錄與歸類，發現若依著萃取部位的分類，可以觀察出一些相似或不相似之處，非常有趣。漸漸地，我喜歡將香氣大分爲八個基礎調性，再由個性溫度的輕重緩急作意象的細分。先有個鬆鬆的脈絡可依循，跟著這條小路去認識與理解氣味，陶冶嗅覺的廣度與感知。因爲分別是植物各種階段的樣貌——葉、花、果、籽、根、木、藥草、樹脂——故而暱稱為一棵樹香氣系統。

我喜愛這樣直觀的氣味分類語言，很好理解，亦可有自然本質的串連。像是果實類的香氣，大多酸甜水潤，飽滿活潑，而實際柑橘果子給人的印象，也是串串橘色如小太陽般掛在樹上，有豐盛與日光的想像。以自然基礎的形式，非常令人著迷。

以氣味記憶土地，讓嗅覺開啓生活的廣度

若是將這些嗅覺的體驗單獨看成是一門學問或一張紙，那也就太可惜了。

這幾年，我和拾心夥伴們，擴大到生活中去尋找氣味的樣子。可能是香道裡的木頭與煙；可能是夏天裡的一杯清酒，酒裡有米香與堅果氣味；可能是秋天的數杯咖啡，藉由烘焙感承載著煙燻與酸甜；可能是冬日茶湯裡明亮的蜂蜜與花果香……依著香氣開展的世界，延展出日子裡曾經擦身而過的許多美好，融入生活的品味裡，融入與自然互動的旅程裡，寬廣得讓我非常驚奇。

有些時候，我會以香氣作為媒材，進行創作。離開花蓮時，曾調製了六個氣味作品，來記憶心中的花蓮。前年冬至創作了台北剝皮寮的老屋子、龍山寺的輕煙與花

香、菜市場與中藥鋪子。今年，新調了一款北海道的哈密瓜與田野。將記憶匯聚成香，以天然精油爲畫筆，運用調香來記錄生活——氣味像是一個時空通道，穿梭在不同場域裡。不過，在試圖駕馭香氣之前，先品香吧。單純感受息間的風景，很令人享受。

關於這本小書

氣味本無形體，加上沒有認知與描繪的習慣，入門者一開始要停留下來享受不太容易。教學過程中，我常試著以一些有趣或吸引人的方式敍述，同時，依然希望學習者保留自我詮釋的空間，期待個體激盪出主觀的回憶與感受。帶領品香的過程中，我逐漸發展出自己習慣描述氣味的方式，鼓勵人們與香氣互動。

就這樣踏著香氣走，走到了去年，因緣際會與插畫家瑞秋合作，以八種香氣爲題，將氣味視覺化成圖稿，並創造小樹人這個角色，策劃了一場氣味展覽，稱爲「一棵樹的香氣計畫」。

今年，將氣味策展的概念與日常筆記整理起來，延伸成這本小冊。冊中共分八個章節，每個類別皆由相對應的小樹人插畫開始，進入一段香氣的旅程。某些氣味並不會只綁定某段記憶，通常是隨著每次當下的感知，引發後續不同的香氣想像，捕捉成文字。你可以單純隨著文字一起神遊，也可以拿起手邊有的香氣一起玩耍，或是隨手也寫下自己的氣味記憶。

品香依然是一種很主觀、很抽象、很私密、很個人的旅程。分類是我個人經驗上的喜好與約略歸納，並非絕對，一切無須執著。有個主軸概念方便入門、親近，卻也不要過於固守分類。在香氣裡沒有絕對，許多事情是會改變的，記得保持品味的慵懶與樂趣——這是特別想提醒大家的一件事。

這是一本有關天然精油品香的書，說著一些我與香氣們互動與神遊的故事。對於香氣，我是一個小小引路人，剛好提著燈籠走了一段路，回頭想把體驗裡的喜愛與發現，略帶興奮地悄悄與你說說。

我的本行是科學，偶然掉落這片香氣的森林，裡面有奇花異草，就此紮營稍住了下來。這本書，像是在香氣路上的一個小涼亭，讓自己坐下來，拿出紙筆記錄階段性的感受。在自然面前，常覺得詞窮與渺小得不得了，然而，如果你也剛好喜歡這些香氣的故事，那眞是再好不過的相遇了。想與你分享，我心中美好的那個自然的形式，藉由天然精油與其香氣。

氣味是一扇門，裡面說的是生活。邀請你，為香氣停留片刻。

光景一　土之感——根部類香氣

去尋找土壤的氣息，沉穩厚實，黏重凝滯，水潤涵養。有了土地與根，於是，可以安心繼續邁步前行。

男孩仰望著一棵樹，細數了所有課本裡熟悉的部位，
樹幹，葉子，花朵，果……
「根呢？根去哪了？」來來回回後，終於忍不住疑惑地問。
「根在地底下呢！你看不見的地方。」
根，是植物的基底，埋在不可見之處，
默默運作耕耘，支持並提供植物營養。

你聞過根的氣味嗎？
這些深埋土地的氣息，有著大地沙塵泥巴的印象。
土土的，沙沙的，苦苦的，重重的，
走得厚實長久，綿延數個時辰，且穩固。
香氣如酒釀的酸，如中藥的苦，
如黑暗洞穴裡潮濕空冷的氣味。
所有真實的樣貌，都等著親身去體驗。
根部類香氣，地底下行走的氣息，
把腳踩得扎實穩定，沒有猶豫。

根

木族，草木之底，使其穩定挺立供給養分

說植物

小時候，假日會跟表哥們去爬樹和灌蟋蟀。找到地上土粒堆下的小洞，把水緩緩倒進去，一瓶、兩瓶、三瓶……然後就會有隻蟲子活跳跳地跑出來。我好奇地低身趴在那個小洞上，往裡面看了很久。裡頭黑壓壓的非常神祕，好像只嗅到一些沙子的土味，什麼都看不見。當時覺得眞是神奇，就水管大的一個小孔裡，怎麼可以放那麼多東西，地底下還有多少空間？那些看不見的地方都長什麼樣子？爲什麼要住在看不見的地方呢？……

植物在看不見的土地裡也有存在，是住在地底下的根。

根可能是家族裡最不留戀外表的了，大多是泛黃陳舊的棕色或土色，生鏽般的鐵褐色，表皮斑駁粗糙或滿身是塵土泥巴。要找植物的根可不太容易，幾年前，去朋友的田裡採收薑和地瓜，他們說要拿鋤頭費力挖土才行。在動手前，先推測根大概可能的位置，看準植株側邊的表土，下手，撬開，鬆動土壤，再一次下手，撬開，鬆動土壤。一次一次小心把根部附近的大土塊挖鬆成碎塊，再仔細剝除附著在根部附近的沙土，一個、兩個、三個……逐漸露出完整的根。剛挖出來的薑摸起來很飽滿結實，非常粗獷，他們在黑暗的土地裡，默默耕耘，默默做事，默默累積出渾厚的存在。我興奮地拿著自己挖出來的根，心想，他們眞是扎實幹活兒的一群。

還記得國小有一堂自然課，藉由種綠豆，來觀察植物發芽的過程。把綠豆泡水後，散放擺在濕潤的衛生紙上，再放入布丁盒子裡。幾日過去，綠豆墨綠色的外皮首先裂開，再長出一條短短胖胖的小根，接著推吐出幼小的青綠色葉芽。當一株植物長好根，有著地的力，開始能自給自足，便成爲一個完整的、能獨立負責的個體。葉子負責外展，根則負責內部吸收轉化的能力。「有根株於下，有榮葉於上」，於是一顆籽在漂泊晃蕩之中，踩穩腳步定居下來。到此，我們知道，植物已經準備好過自己的生活——根，是最初原生的一部分，實際和地球土壤建立起關係的地方。

根平時歸屬於植物的營養器官，大多在地表之下，平時不可見，卻是很重要的存在。負責吸收水分，也把溶解在水分中的礦物質吸收入體內，以供給植物需要的營養。因爲有根，一方土地涵養的成分才得以穿透薄薄的細胞壁進入植物本體，抵達木質部再輸送至其他部位。他們大多深埋在土裡，往地心引力的方向生長，並實際與大地土壤緊密結合，成爲穩固、重要的基底，給予上方植株強大的支持，像是植物的腳。

有一次參加植物小旅行，走訪一趟福山植物園。按活動設計，我們要脫下鞋子和襪子，打赤腳走一段林中的步道。由於長大後很久沒有這種經驗了，剛開始內心有些抗拒，覺得步道髒髒的，等等還要穿回襪子，襪子都是土，回家怎麼洗……心裡不斷冒出各種咕噥。不過既然來訪，也就大方嘗試了。開始確實不習慣，甚至有些害怕與擔憂。再走幾步路之後，卻慢慢感覺到一種前所未有的自在與舒適。

石階冰涼涼的，有細細的沙土，有一點柔軟的青苔，太陽曬到的地方很溫暖。走著走著，想起小時候在庭院赤腳奔跑，在山上赤腳行走，在溪邊赤腳玩水，在海灘赤腳賽跑……雙腳實際和土地連結，似乎喚起一種久遠以前曾經熟悉的踏實感，肉體是本，雙腳是根，好好踏穩，於是覺得安心又自在。

老天爺很公平，這些長得不好看又埋在地底下的角色，卻很重要。非主流卻不可或缺，默默支持外在看得見的一切華麗，那便是生命的重要支柱——根。

說香氣

植株平時看不見的部位卻散發出芬芳，這是很令人驚奇的事。根部萃取的精油，來自土地裡面，和地球本體這麼這麼靠近，充滿土元素的特質與氣息，充滿土地的能量與營養。這個家族的香氣，大多下沉、厚實、黏重，如塵如土，夾雜一些苦味或藥味，有泥巴調性，有中藥苦楚青澀的氣味，或帶酸釀的醋感，草根性強，像是原始、野性的土地或洞穴。這些太過原始而沒有修飾的眞實土味，實在讓人卻步，像是深埋進土裡。大部分剛開始採買精油的時候，根部類香氣似乎不會是優先被選擇的品項。然而，若有機會停下來，等待香氣漸進的畫面慢慢轉變，一如等待人生時期的轉變，開始能夠在青澀苦楚交雜之中嗅聞到巨大的安穩，開始能夠欣賞匍匐在砂礫土石上的閒適，這時就會無可自拔地喜歡上他們。

這類土系香氣，會經由沙塵的氣息，帶來如大地般渾厚的篤定。像是春天新翻的土，鬆軟老實，只要鋤頭還在起落，日日深耕，內心就有莫名的自在與安定。無須焦慮未來，不是因爲已經坐擁盈滿的富足豐盛，而是因爲還在老實做事，實際踏著步伐走著，於是由衷信任腳下的這塊土地，有了一切都在路上的安心。

根的香氣提醒著務實，提醒邁開雙腳去實踐生活，抹上一些根的氣味，像是取一些土地的精華放在身上，也想要自己站得穩穩的！

初香雖不討喜，卻非常耐聞，隨著時間經過，濕氣慢慢減緩，氣息越轉換越香醇、穩定，像是低頭彎下身子，伸出手掌探觸土地一般。在沙土中，根與大地融爲一體，低沉而悠穩，有陳舊古老的時光歷練感，有土地凝煉的智慧精華，像是底蘊深厚的高人，仍在歲月中緩緩前行，可靠又耐人尋味。

我曾反覆思索，該如何讓大家理解並願意欣賞根部香氣呢？後來想想，或許年紀到了，或許時間到了，或許情境到了，就會喜歡，就像某一天忽然喜歡上一杯苦澀的黑咖啡，自然而然。

最初開始的地方，也叫做根，而一個人的根，便是故鄉了吧。我在鄉下的三合院長大，是人口衆多的大家庭，有土塊籬笆，有磚紅矮牆。還記得農忙時，嬸婆衣角上乾掉的碎泥屑塊，還記得小時候在地板上畫畫，在亭仔腳躲雨，爬上神明廳的柱子被罵下來……如今當年的老家屋舍已因拆遷不復存在，但心裡仍知道有個源頭，知道自己打哪兒來，知道有個地方會包容，於是，在來來去去的都市裡，某個層面似乎安心了些。年輕時對故鄉或家是矛盾的，有時窒息，有時想念，如今實體的老家不復存在，心裡的老家則持續給予力量……此中滋味是另一種人生課題。

我翻開吳晟的〈泥土〉，試圖從裡面嗅到一些根部的氣息。水溝、母親、辛勤耕耘、灌溉，一日一日，沒有停歇的土地與時光……

故鄉是根，要調故鄉氣味時，便用上土壤系的香氣。苦苦、土土，帶著沙啞的質地，蘊藏一種拉扯的思念。曾經創作過一個香氣作品，叫做「三合院的土」，也許正是根類香氣的特質，也許正是自己某些生命故事的反映，這個香氣作品中，我幾乎用上所有的根部精油。

夢見自己埋進深深褐黃色土裡，
溫暖地窩著。
土撥鼠探頭來問候，螞蟻家族忙碌著前門後門路過，
我抱著打包好的咖啡色包包，偷偷發呆⋯⋯
包包裡有三合院的老家，有沾滿泥巴的鞋，
有一桶新釀慵懶的酒、挖了三年看不清楚的夢想⋯⋯
地底盤根錯節的結，四通八達地往深處去，
苦苦的氣味，濕濕的氣味，沙子土土的氣味，
不知名的黏重酸敗，和或許，一點甜⋯⋯
我在土地裡有些錯亂，準備起身，
行囊有點重，路也有點暗，
但那好像也沒關係，
只要還想走也還在走，咱們就走吧！
還要趕路呢！

一步一步厚土深耕

苾草根類

岩蘭草，又稱香根草，香氣在根的雜草。這是我第一個認識的根部精油，香氣沉穩有歷練感，不難猜想他來自於植物埋於土裡的部位。在印度的某一片土地上，老師指著一片雜草叢生的田說：「這是岩蘭草！」我一邊驚奇地拍照，一邊有些狐疑，並不是不相信師長，而是少了氣味可以辨識，於是好像少了些關鍵的訊息。植物具有香氣的部位確實看不見也還聞不到，在根呢！

岩蘭草屬於禾本科，植株約一至二公尺高，細長的葉片自地面往上，在田地裡一大團彷彿雜草般，不太起眼。其芬芳的部位在地底下，垂直深入地面下兩、三公尺的芳香鬚根，呈髮絲般細密的網狀叢聚生長，抓地力強，可以運用於避免土壤流失。在乾季時採收，將根部挖出後，清除土壤，就可使用其根部來蒸餾以萃取出精油。岩蘭草的細根也可編織成臉譜或圖案，是印度旅行時常見的紀念小物，掛在牆壁上避邪或防止生病。朋友曾經送我一小顆岩蘭草根球，捲起來在洗澡時用來去角質，還可一邊體驗著日常的印度風情。

岩蘭草精油的香氣有濃重醇厚的土地感印象，初聞有煙燻的泥土味，重量很沉，混合著中藥感的苦，苦中回甘，帶木香調，黏滯停留像是古老雨林的沼澤地帶。呼吸間，好似埋進深深的土地裡，被濕氣與黑暗環繞。慢慢回神，發現節奏雖然緩慢，卻仍然有前進的意圖，且非常篤定。其中有一些水感潤澤，好像踩下去的泥巴還是濕的，還感覺得到陷下去的深度，還看得到步伐深深落下的軌跡。一步一步，腳踏實地負重前行，有一種安心，或許是因爲知道事情還在耕耘，還値得耕耘，還想耕耘。

香氣變化著，再過一陣子，土壤的濕氣似乎乾燥了些，有細落的塵土感，也如龍眼乾，還像是窯烤地瓜或野營完的殘煙，有淡淡菸草的氣息，有些炭化的焦感——土地上，好似有些實踐參與過的曾經。

在香氣地圖課裡，會有許多關於氣味的隨堂作業，其中包括鼓勵學員把感知到的香氣特質，轉換成記憶中人物的印象，於是有這些文字：「扎實耕耘的中年小農」、「五十歲，決定返鄉落地尋根的壯年」、「經歷過商場風雨，現在已是可以在農村遠端管理公司的老闆」、「一位曾經很可靠、幫忙自己度過難關的大姊」、「一生克勤克儉無所求的媽媽」……這一天，我們正在品析的就是岩蘭草。

我們詮釋氣味的樣貌，可能依每個人生活中的遇見而有所不同，或許女性或男性，或許年輕或長輩，但氣味的質地會有在地文化的共通性。岩蘭草的氣味帶給人性格樸實溫穩的感覺，默默耕耘打拚與累積，如一家之主或前輩主管，也許並不是很會說話，但總是讓人覺得可靠安心。

曾經遇過想法很多，方向卻飄忽不定的人，似乎也適合這個香氣，像是綁上落地的重量，能夠穩下來好好生活。平時，我喜歡用在穩定心神與個人防護上，擁有被土壤包覆的溫暖，不僅有著木香調的穩健，還多了鼓舞自己去經驗的意義。

岩蘭草的精油是黏稠的液體，像蜂蜜或麥芽糖，深深黃土色偏紅。有別於一般精油似水的流動感，滴用岩蘭草精油時流速很緩慢，使用上需要耐心等待，不過，如果不趕時間，我很喜歡這個過程。觀察液珠緩緩匯聚成形，拉長身子準備離開，再到滴落，像是欣賞一場小小的縮時攝影，非常享受。像這樣慢郎中的特質，也是滋養孕育萬物的土元素，有其時程和規矩，一步一步進行——有些事情是快不了的。

厚實黏重的土，老實耕耘

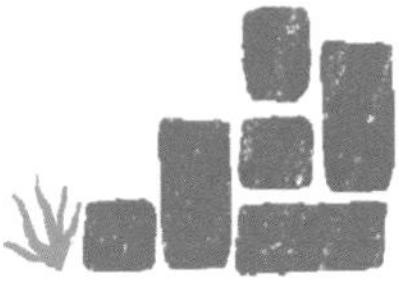

故鄉三合院

岩蘭草1滴＋廣藿香2滴＋苦橙葉1滴

腳踏實地芳香滾珠

岩蘭草3滴＋玫瑰草2滴＋檸檬香茅1滴＋

基礎油5ml

安心輕土香中藥材

入藥根類

這一類的根部香氣，氣味並非醇厚的土壤氣息，倒是傳統療癒系統中珍貴好用的藥用植物，承載著滿滿原生的土地療癒力。

・薑，東方食補藥療的重要植物，大抵是生活中再熟悉不過的根類香氣了。前些日子，收到媽媽寄來幾根朋友家自己種的薑，一整個完整肥胖的根，很飽實，表皮摸起來粗糙，還夾帶一些沙子顆粒，是幾週前剛從南部田裡挖出來的，氣味非常新鮮，準備晚餐時，正好可以拿來用。

自從生活中開始自己下廚作菜之後，發現薑眞是台式料理不可缺席的好朋友，無比百用。炒肉絲的時候加一點，煮蛤仔湯的時候加一點，爆香的時候加一點，蒸魚的時候加一點……利用香料發散的辛香幫助解膩、去腥，利用薑的特質來提振食欲或幫忙消化，總之，怎麼樣都會有薑的位子，似乎人人家裡都一定會備有一點薑。

除了與廚房相合，薑也是自古以來很好的藥材。小時候只要淋了雨，覺得快要感冒了，或是真的感冒了，媽媽就會煮薑茶。喝水煎中藥的時候，醫師也會囑咐放三片薄薑。生理期前後，或胃痛不舒服，或爬山時遇寒，喝薑茶似乎是老祖先傳承下來，極為重要的一種療癒方式。印度傳統醫藥阿育吠陀稱薑為宇宙萬靈藥，從裡到外，可治癒許多身體的毛病。

薑精油同樣取其根部萃取，是來自土地的精華。香氣非常明確，就是記憶中遇到薑的印象，而且是底蘊深厚的老薑，有掛著整排紅燈籠薑母鴨的食物印象。強勢的薑甜帶著濃厚的辛香，前導新鮮明亮，個性通俗強勁。氣味裡有飽滿的衝勁與行動力，像是正在大火快炒的料理，還沒起鍋，廚房嗶嗶剝剝地熱烈著。穩健的火元素能量，好似把力量全都提振、推動起來，如火如荼地進行著。有吶喊和突破的衝勁，也有踏實的規劃與部署來支持，形成經典的實踐打拚型香氣性格。

繼續跟著薑走，殘香時辛感稍退，料理正在收尾結束，菜已上桌而轉為陪襯的角色，像是輕盈些的嫩薑香氣。底蘊一股甜，也有薑末感，有新鮮的果香，像是薑糖。

想起一個自然療法中我很喜歡的概念，即「一方水土養一方人」。意思是這塊土地上的植物，呼應著這一方土地上人們的需求。薑與我們的生活有著密切關係，也與身體的互動熟悉，是台式日常的氣息，像是生活裡有媽媽或奶奶的關照一樣，是心中居家常備的重要用油。

薑黃同屬薑科，是印度傳統醫藥系統的重要植物，也是咖哩的原料之一。喜歡溫暖潮濕的氣候，味苦辛帶一些土感。外觀似薑，切開後內裡是飽和的澄亮亮金黃色，常用在天然植物染的色素。薑黃磨成粉末後可以入咖哩，也可當作美容美體的細粉，或直接食用。若在網路搜尋，至少會得到十頁以上琳瑯滿目的保健食品介紹，大多不是芳香療法的資訊，而是新興的營養品。

手邊有一瓶爪哇薑黃精油，使用超臨界流體萃取而得，香氣更爲貼近新鮮植物一些。不同於薑的硬朗與衝動，薑黃少了火辣的辛感，多了些蔬果的鮮味和羞澀的甜，細緻溫柔許多，屬於曖曖內含光的香料。淡淡苦澀的藥感，淡淡細緻的沙感，淡淡的輕甜，有備餐的溫度。有些飄渺，多愁善感一些。中段之後，在氣息後方有寬寬的開口，擴展成一室溫暖，仍有陳舊的底蘊，同時帶有金黃色陽光落進室內的感覺，似蔘鬚般明黃，令人安心。

我很喜歡使用薑黃來調和其他香氣，彷彿能開展出一條鄉村小路，路上有太陽照射的輕鬆感。

大高良薑是另一種薑科植物，月桃屬。初香較乾燥，似磨成粉或烘乾的薑，碎末細粉感，香氣輕盈些，薑味不明顯，沒有很強烈的料理感。溫溫吞吞似乾燥枝枒，像中藥行曬乾備用的短枝條，全裝在麻布袋裡。底蘊些微黏稠，彷彿蘊藏敗醬科的氣息，帶來落地停留之感。有趣的是，氣息尾段緩緩上揚一股薄荷甜涼，像入口涼涼的薄荷炒蛋。相較於其他薑科植物，香氣顯得清透明亮，似山屋炊煙裊裊，愜意自在。

歐白芷根原生於敍利亞，是歐洲重要的藥用植物。傳說黑死病期間，大天使託夢給修道院的修士，使用植物製作藥水來治療瘟疫，因此又別名天使草或聖靈根，其植物拉丁學名中的 Archangelica 即是大天使的意思。分類屬於繖形科的植物，白花叢聚成球，再展開如傘，像是定格的煙花，雪白飽滿。

歐白芷根精油的香氣初聞似當歸或人蔘，是親切的中藥香，又有甘草味，輕盈帶上一點風感，微微飄升，芬芳香甜。其中夾帶有蘿蔔微微的蔬菜味滑過，使得香氣越發鮮嫩，像是藥膳湯裡已經熬煮到軟甜的當歸條，咬下入口微苦回甘卻清新。

時間悠悠經過，出現了一些碎末茶香，有些愜意與淡雅，像是走進百年的中藥材行，空間裡有微微藥苦的乾啞，像是時間累積殘留在各種縫隙裡的芬芳，說著古老累積的智慧，熟悉又清甜的古典，有東方中醫印象的氣息。

芳香魔法將歐白芷根運用於驅除、保護、療癒等方面，有正氣凜然的風格，加上天使的守護，可以在祛除、打擊邪惡的配方中看見他。

庶民的土，滋補療癒身心

廚房一碗蛤仔湯

薑2滴＋檸檬尤加利1滴

提振士氣芳香照護油

歐白芷根2滴（10％）＋歐洲赤松4滴＋黑胡椒1滴＋基礎油5ml

顛覆對香氣的定義

醋釀根類

如果有一個臭襪子的味道，你願意給他機會嗎？

這類香氣是容易讓人驚嚇的調子，他們大多有酸敗黏滯或腐臭味，像是挖掘到深坑裡軟爛發酵的濕泥巴。欣賞這些香氣很需要等待些時間，先臭後香，如倒吃甘蔗般，方可體會出天然香氣千變幻化的絕妙之處，這過程能夠不可思議地貼近自己，非常獨特。

・・・

穗甘松是原生在喜馬拉雅山上的植物，生存在嚴寒的高山，海拔約三千至五千公尺。初聞讓人想起臭臭的襪子，腐敗的醬酸味，濕潤黏滯，是扎扎實實土壤的氣息。精油呈現深沉的琥珀色，初香潮濕，水潤又厚重，如沼澤的泥巴，氣息黏稠感強，彷彿停滯，同時混合一股強勁的腐敗酸氣衝出，有黑醋栗與酒醋般的發酵感。然而，正當我皺眉苦惱地思考這個氣味的個性時，慢慢嗅到有甘草甜味，驚訝地再等待一下，發現氣味慢慢發散開闊。氣味的走向呈現漏斗狀，先高速擠壓進入一個小口，像深掘入土，一開始是擠壓、暗黑、停滯，而後竟是開闊自由的心安。整體底蘊穩厚，非常有粗壯根部給人的生命力，是土地的孕育能量。

穗甘松末香以一股甘甜的土味馨香回饋給願意等待的人，像進入雨季後的古老森林裡，有一整片寬厚潤澤的大地，就在腳下，穩穩地支持著自己。大地滋養萬物，蘊生，百草伺機而動。節奏越來越緩，香氣越沉穩且香甜。煙燻感的人蔘香，帶點陳年的木質調酒香，似私藏的酒粕，給予可靠厚實的安心感。

殘香意外地美，往後退，像是山中過夜後，一大清早，土壤和著水氣，有股淡淡的下沉與穩實，一切都很清楚。空間透明，事物清晰，樹梢水珠滴落。敦厚的古樸與陳舊感令我想起小時候住著的鄉下老家，過了小隧道後面有一家小小柑仔店，鋪子裡亂亂舊舊，門口吊一個衣架，夾滿了小包零嘴餅乾。幼兒園就在後方，每次媽媽或奶奶來接我時，會在店仔門口停下來，買一包乖乖給我和妹妹……陳舊香帶來滿足感，非常懷念。

纈草與穗甘松同爲敗醬科植物，氣息也是以酸敗開場，且較穗甘松有過之而無不及，腥臊感更爲強勁，如魚港，有海味與鮮味，還有一些鋪地苔蘚的腥感，潮濕不明朗，像濕透的抹布。酸醋感激烈澎湃，尖銳且快速上揚，如踩碎一盤漿果，鼻腔充塞著肆意發散的醃漬感。底蘊強勢、結實並醇厚，沒有要離開氣味軸線的意思，仍是停滯不前的腐敗糜爛。

來到殘香，變化卻很大。等待酸醋的氣味盡散，尖叫的聲響慢慢飄走，土地上的氤氳混沌漸開，纈草的殘香竟清幽得有些似檀木香，像走進佛龕家具店，正爲家裡佛堂尋桌子。一邊欣賞厚實方正的各種雕琢，一邊嗅著木香淡淡充盈一室，似有姜太公釣魚的隨緣心境，緩緩找尋命定的那塊木頭，似岩蘭草的尾巴予人的印象。

心裡的根部精油，還有一支綺麗芬芳的香氣，也有酒釀印象，是鳶尾草。

・・・

鳶尾草花是迷幻的藍紫色，花形如蝴蝶展翅，又稱藍蝴蝶鳶尾，多年生草本植物，全株芬芳。波浪般的花瓣像禮服裙擺婀娜多姿的花邊，展開成一襲奢華的晚宴，尊貴優雅，是浪漫國度法國的國花。英文名「伊麗絲」則對應著希臘神話中的彩虹女神，負責引導善良的靈魂，踏著彩虹回到天上。

鳶尾草精油取用其根部萃取而得，渾厚的藥酒氣息，酒體陳年復古，氣息有黏糊糊的濕潤感，迷醉華麗，像是中古世紀的酒館，是有心事或找放鬆時想去的地方。初聞厚重濃烈，像是已經浸漬在藥膳湯汁裡一天一夜的醉雞，好似祕方裡紅棗與枸杞的香甜，乘著酒香混合飄散。其中還有醇厚的莓果味，以及具份量的烏梅甜與米酒香，很能勾引味覺想像。

中段一度有茶香經過，有發酵或釀造的氣息，如堆滿橡木桶的咖啡色空間。雖有泥巴的黏滯，也有生命力的清朗。微微帶有粽葉的墨綠色，以及微微地瓜葉的青草味，像是竹林裡小老百姓茅草屋的印象。殘香氣息柔順，酒已醒，醉感消散，尾巴展現出可可香氣，似老舊櫥櫃裡時光慢慢沉積出來的穩重。

將鳶尾草精油的香氣擦在身上，體溫慢慢推散，乾燥木香似有成堆成堆的菸草，也像是滿室堆著一捆一捆乾燥穀物的莖桿。甜甜的酒釀香則似酒精濃度很高的梅酒，彷彿剛剛丟了冰塊進去，正等待氣息繼續化開，期待享用舒放的果子香氣。

地球的土，溫柔陪伴

大地

岩蘭草2滴＋穗甘松3滴（10％）＋甜馬鬱蘭3滴

一夜好眠芳香照護油

岩蘭草2滴＋穗甘松2滴（10％）＋茉莉3滴（10％）＋基礎油5ml

＊茉莉可依喜好選擇大花茉莉或阿拉伯茉莉。

根部類香氣迷你分類

菸草根類	煙燻土壤厚泥巴	岩蘭草
入藥根類	安心輕土香中藥材	薑・薑黃・大高良薑・歐白芷根
醋釀根類	重磅潮濕酸酒釀	穗甘松・纈草・鳶尾草

* 類根調：廣藿香

單品香氣速寫摘要

・植物名下方分別是英文名／拉丁學名／產地

岩蘭草
Vetiver / Vetiveria zizanioides / Haiti
煙燻濕潤的泥土味，菸草氣味，中藥感，厚實，下沉篤定，安心

薑
Ginger Root / Zingiber officinale / Sri Lanka
台式食物感，老薑味，薑母鴨，辛香有勁，大火快炒，蒸煮海鮮湯，庶民日常

薑黃
Curcuma / Curcuma xanthorrhiza / Indonesia ＊超臨界流體萃取法
薑糖氣味，羞澀的辛香料，微微菜味與藥感，黃色調溫暖明亮

大高良薑
Galgant Root / Alpinia galanga / India
磨成粉或烘乾的薑，碎末細粉感，末香一點黏稠與涼，薄荷炒蛋

歐白芷根
Angelica Root / Angelica archangelica / England
中藥香，似當歸或甘草，輕甜回甘，微微青菜氣味，輕盈卻有力

穗甘松
Spikenard / Nardostachys jatamansi / Nepal
酒醋酸氣，臭襪子，黏滯厚重，腐敗發酵，底蘊回甘，私藏的酒粕，生命力

纈草

Valerian Root / Valeriana officinalis / China

海鮮市場的濕抹布，腳臭味，酸醋，底蘊回甘有清甜，安定木香

鳶尾草

Iris / Iris pallida / France

酒釀梅果，藥膳醉雞，濕潤感，醇厚藥酒感，菸草泥巴

光景二　華美之感——花朵類香氣

去尋找飄落的花啊！優雅純淨，或富麗堂皇。
把所有的自己全推出去，為了那些每一瞬間，
毫不保留——

花，遇見植物極致美好的一個中繼點——
從含苞到綻放，
粉黃白紫，靛藍漸層，奼紫嫣紅，
映照出天地中千萬種顏色旋繞，
輕輕搖曳在整個春天……
沒有想著要保留什麼，沒有想著要存在多久，
把事物推展到登峰造極的美好頂端，
無比奮力於當下。
花香裡有濃郁甜美，
高貴華麗或清幽安靜的所有經典，
在綻放與凋落之間，柔軟繾綣，榮靜優雅，
似是喚醒生命本質的追尋——
感受柔軟與感性的質地，感受安心的放鬆。
花，溫柔而堅定地成為自己，
展現自己——

花

草族，草木之上，繁盛榮茂美好之意

說植物

小時候，每逢初一、十五，媽媽會到市場買回大把的香水百合，用報紙包裹著，喊我拿去佛堂擺上。

等待著斂收的花苞，慢慢迸裂出縫隙，微微捲曲的花瓣，片片相依相疊，旋繞推展開來，成爲雪白色立體的身形。細長的花蕊，抽絲般直挺挺的，由花心叢聚放射而出。一朵花，就這樣開展在眼前。

有時候還沒走到佛堂，空氣中，緩緩瀰漫出一股甜美如蜜的芬芳，知道昨夜花應已開，因爲香氣。

花，植物芬芳華美的存在，形體婀娜多姿，顏色萬紫千紅。

五瓣白花的香桃木，金黃色的永久花，奢華奇幻的紫色鳶尾草或紫羅蘭，德國洋甘菊有祕密堆積的管狀花序，玫瑰層層堆疊的粉紅重瓣……茴香的繖狀花序，如降落在地上的黃色小傘，非常可愛。

形容花朵宜人的香氣，會說芬芳；形容一個人留下值得久遠流傳的美好品德與名聲，用「千古流芳」；《紅樓夢》提到「蘭桂齊芳」，意謂子孫個個顯達富貴。芳華歲月，指美好青春；自己欣賞自己的美好，謂之孤芳自賞。我們以「芳」來描述人世中美的狀態，美好的人，美好的事情，美好且值得讚賞的時節。

前幾年，清明家族旅遊至日本賞櫻，在名古屋城的城牆上，記憶了近幾年內最震撼的一片花海。

滿開的櫻花，密密麻麻，細看櫻花約莫直徑三公分，由一小朵一小朵柔靜的粉，或帶一點紫紅，或是白……一點一點，堆疊形成綿延數百公尺的粉紅色花廊，壯闊卻柔美，氣勢澎湃卻安靜。彷彿走入一個仙境裡，只是周圍有著此起彼落的相機與驚呼聲，提醒自己還在人間。

我站在城牆上，不斷回頭，忍不住想把榮靜華麗的粉，烙印在心上。

花，柔軟有力量的存在，將所有最美好的部分推送出去。集結了所有令人羨慕的美好質地於一身，純然的美，備受呵護、關照、期待。

我本以爲，遇見整座城的櫻花，是花朵最美的景致了。然而過了幾年，再次於清明造訪日本，路經合掌村時，巧遇正要凋謝的櫻花。

隨著一陣風來，滿樹淡粉色柔軟的花瓣，借了些力，輕柔地離開群體，成了自由的片片翅膀，飛出，再隨地心引力緩緩飄落，數十片，數百片……

我就這麼看著，看著他們自天空緩緩降下，美極了！

我出神地等待一陣又一陣的風，看著花瓣一次又一次紛飛落下，覺得時間彷彿好慢又好快。風起花落，最後在滿地綠意上，慢慢塡滿柔軟翻滾的小花瓣。於是，一地輕粉。

想到過世的奶奶與二姨。剛撞見死亡的時候，我激動地只想喊爲什麼會結束，這麼好的人，這麼美的存在，卻終究要離開，如繁花凋落一般。

意識到無法留下美好，讓人感到失落又慌張。好一段時間，我都在不安地找尋，探求如何永恆的方法。

直到有一天，我終於意識到：原來，有一種最完美的永恆，竟是因爲無法永恆。每個相遇與相處的分分秒秒，都是不可重置的瞬間。會消散，會結束，會離開，無法凝結停留。美，化成另一種形式，繼續存在，沒有肉身與物質，只有在心中，帶著遺憾，成爲意識層面的永恆。

「緣來緣去終會散，花開花敗總歸塵。」花朵的開放，從沒有要保留，把所有自己的全部，畢其功於一役地推送出去。或許已經理解，並不需要自己的存在來執行永恆，而是儘管把份內的事情做到最好，釋放的瞬間便是生命終極的完成。

想起詩人席慕蓉女士的一首詩〈一棵開花的樹〉。因爲用情至深，於是在佛前祈求五百年，在那人必經的路上，將自己長成一棵樹，樹上滿開了花，朵朵都是期盼，盼望那人經過時，也許，看一眼。花，輕盈地承載著好多的重量。期盼的重量，希望的重量，美的重量，等待的重量，執著的重量……

看到花落的那一天，突然意識到，
消逝裡竟蘊含著美，那是另一種永恆。

說香氣

把起落、會消散的事物收存進小瓶子裡，是神祕與詩意的。當我們使用精油，好似親身參與在那個觀看裡，從輝煌到落下。

花香，是一種很早被理解與喜歡的香氣質地。有時是清幽的溫柔與空靈，有時是燦爛的甜美與粉嫩，有時又顯得華麗、濃郁冶豔……總會展現一股優雅感，帶來迷人的舒服與愉悅。

花朵類精油是香氣裡的後宮佳麗，或雍容華貴，或清新脫俗，有各種不同的性格姿態。不過，並非每一種花朵都有香氣，也並非每一種香花都常被萃取精油。而且，精油的香氣別有個性，常常與實際所聞的、活生生的花朵很不相同。

印象最深刻的是第一次想添購花香系精油，心心念念，終於買到一瓶桂花。打開瓶蓋的瞬間，馬上皺了眉頭，疑惑著聞到的氣味。原本鮮花特有的馨甜花果香，竟成了黏稠的蜜糖釀，還加上些烏梅調。「這是桂花嗎？」我不禁嘀咕。

花朵製造芳香分子，大多爲了吸引蜜蜂、蝴蝶等不同昆蟲來訪，協助傳花授粉。花將香氣直接釋放至空氣中，並沒有要儲存，因此每朵花可萃取出的香氣不多，就如我們所知道的，需要採集很多花朵，才可獲得一點點的芳香精華。

萃取花類精油時，可能經過熱氣與濃縮，有時還會先發酵，香氣轉折多了一些不同的層次與調子。聞香前若沒有心理準備，常常會因過度期待而失落不已。一般來說，蒸餾法萃取的香氣與鮮花差異較多，溶劑次之，若使用二氧化碳超臨界流體萃取，則可能較爲接近鮮花的氣味。

然而，濃縮後的香氣，展現了更厚實的底蘊與奇幻的層次變化，氣味細膩，並在尾韻展現繁榮靜謐的溫柔安穩，似情感豐沛且多變的風向星座，多愁善感，且處處結緣，很值得品味。

花香的層層疊疊，彷彿累世的心思全擠壓在這一口氣息裡，喜悅的果香、優雅的花香、酸澀的憂愁、幽微的輕苦……所有被釋放的感知，像是經過哈利波特裡九又四分之三月台的空間，輕盈不是眞的輕盈，柔軟也非原本的柔軟。這些繁複的細節，不過是經驗裡深層的刻痕與紀錄。

當我們穿過山嶺之巓，從花香的一口氣息裡，蒐集到多少種曾經的滋味。

品一朵花香，必須耐得住性子！

品讀花類精油時，務必先稀釋成數十倍，還原成貼近原始的樣貌，更容易感受到許多優美奇幻的細節，亦可延長品香的時間，反覆多次，陪伴氣味的變化。

花朵的萃油率很低，價格非常昂貴，尋常不是一開始添購就會擁有的香氣。也因此，一旦擁有了，便備受矚目與期待。

這幾年的經驗裡，一股腦兒喜歡花香精油的朋友並不多，不知是否時代遷移，過於柔美的特質，容易被預設成弱不禁風，或過於浪漫夢幻不切實際，深怕自己迷戀、耽溺其中；也或許，有些花香妖嬌美麗，初聞易覺喧譁高調、過於奔放，或吵鬧。

初學芳療時，對花香也是興趣缺缺，直到某一次深夜裡被惡夢驚醒，模糊間摸到一支香氣，剛好是花，竟覺得有被打理的穩定。好像是突然遇見一片溫雅柔美的園子，支持著自己，輕輕暖暖被包覆著，非常安心。從此，才開始慢慢走入花香的旅程。

其實，花香精油除了繁華柔美的質地之外，還有許多的樣貌。近日正著迷一齣清代古裝宮廷劇《延禧攻略》，裡頭有各種性格姿態的妃嬪，好似不同花香的質地。雍容華麗落落大方的玫瑰，如優雅、識大體的富察皇后，是緩緩搖著扇子，四平八穩顧全大局的正宮；茉莉像是高調貴氣的高貴妃，氣勢強大、鳳眼斜斜，直白不拐彎抹角；晚香玉的厚甜奶香，如繼后般底蘊很深，卻似乎很多心思；莓果香的永久花如皇太后，陳舊復古，很有時間感，氣味濃郁，有個性、有渲染力；帶果香的橙花則是令妃了，清透明亮，帶有希望感，與眾花相較，顯得輕快活潑。

這些柔軟繁多的心思，交織出幾世紀的後宮文化，有時強大到可以排山倒海、改朝換代，有時則涓涓細流、情思綿長。她們影響著庶民江山，成爲說書人津津樂道的戲料。

話說回來，花香調是日子裡常見的氣味類別。咖啡裡帶花香，茶裡帶花香，酒裡有花香，糖果飲料糕點裡有花香，以及生活四季裡活生生的新鮮花香……不論如何，花香調帶著溫柔、優雅、圓滑的氣味印象，描述著各種美的感覺。

賞花，來找心目中可以陪伴自己的那朵花。

夢見自己是一朵花，
桀驁不馴，兀自在風中搖晃。
奶香祕密的甜，桃子與荔枝初香淡淡，
有時繁華如水晶燈閃爍，有時柔和幽靜……
在千百種風雨和姿態裡，尋尋覓覓——
定會有一件事情，
值得自己義無反顧地往前，
推到極致之處再墜落，
於是得到一枚刻骨銘心的印記。
但展現自己可真是一點也不容易啊！
我們都在練習，
或許勇敢一點點，或許強壯一點點。
「還撐著嗎？」我問
「是的。」
欣賞花開，也看著落下。
起落轉瞬，很美。

輕酸澀甜荔枝園

玫瑰花類

想起大馬士革玫瑰，想起她在陽光下盛開的早晨，粉色花瓣片片相依成團，三、四十瓣層層疊疊互相包覆，花瓣柔軟如綢緞，烘托著無限繁膩而柔美的心思，言說著千古以來純淨幸福的誓言與愛。

「這是玫瑰嗎」、「怎麼酸酸的」、「跟我的護手霜不一樣」……在品香課上，很常碰到學員們對於玫瑰花香的提問。是的，真實的大馬士革玫瑰精油，並非香氛產品裡熟悉的甜甜可愛花香。

以玫瑰調開場，接續進到發酵酸澀的質地，有復古的優雅，卻有些陳舊，像翻出一襲五〇年代的老洋裝，是曾經存在卻已消逝的經典。香氣裡有一些忽現的澀感，如烏梅或莓果乾，有幽微的煙燻或菸草氣味，落地的甜，微苦。節奏緩行渲染，優雅有氣度，彷彿四海六合之內的空間都被安收得很妥當，像掌管百草的花神。

等待酸澀慢慢經過，輕甜在末香，如啜飲一口溫潤的玫瑰花茶。氣味轉淡，細緻、輕柔，似披上層層粉色薄紗，婀娜漫步在花園中，輕盈卻平穩。

花朵精油裡的芳香分子常有上百種之多，氣味轉變的細節，似光影悄然變化而成的光雕作品。變化的切換不快，而是漸層幽微的幻化，總要等待香氣的改變很明顯了，才意識到已進入下個階段，像是透過縮時攝影觀賞一朵花的開放。香氣很值得一再品味，每次感受到的區段不同，喜好與想像也都可能很不同。

玫瑰便是，初次聞香時，覺得不是記憶中以爲的玫瑰氣味，就匆匆擱下。多年之後，某個冬天低溫的夜晚，細細碎碎地撿拾、打理著心情，正巧拿到一瓶玫瑰品香。陪伴數十分鐘後，繁複的氣息，緩緩推進，暈染到心裡，好似有某個部分被挑起，竟不經意地被酸與柔打動而鼻酸。自此之後，玫瑰被提到前排，加入沉澱用油的行列。

「喜歡酸味大概是迷戀憂傷的開始吧。甜味變酸，好像是幸福失去之後的惆悵。」讀到蔣動〈此時眾生〉裡的一段話，便想起帶酸味的玫瑰香。心境不同，對氣味的依戀，竟變化得如此直白。

精油帶有農產品的特性，舉玫瑰爲例，同爲大馬士革玫瑰這個品種，因爲種植地不同，會呈現出不同的香氣性格。

若玫瑰生長在潮濕的保加利亞，玫瑰調的發酵酸澀感十分明確，且帶有渾厚飽滿的質地，是玫瑰精油中的經典氣味；產地若是土耳其，香氣中的發酵風味會收斂一些，酸度降低，偏甜，有類似濃花香的調性，像是比較懂得打扮的玫瑰；以波斯爲名的玫瑰，大多意指產地爲伊朗等中東地區，氣味古韻雅緻，所有香氣圓潤內收，尾段有一些菸草雪茄氣息，更增添古國的時間感，展現兩袖清風的安適。

一般常見的玫瑰香沐浴乳或室內香氛產品，常使用的氣味是玫瑰天竺葵。天竺葵精油以葉片萃取，卻呈現出花香的特質，非常有趣。初香一聞有玫瑰感，又更像甜甜的荔枝香，似白肉的熱帶水果，尾巴輕盈有風的流動，圓滑離開。少了酸澀，似乎成爲大家心目中對完美玫瑰的想望。

想起另一支很有個性的玫瑰調——玫瑰草。這個禾本科的植物，平時一大叢像雜草亂亂地長在地上，開花時，將小花壓碎，在鼻子前面搓一搓，竟是帶有酸澀的類玫瑰香氣。比起天竺葵，玫瑰草的氣味更厚實一些，但因爲有小草的硬朗與韌性，加上甜，好像檸檬紅茶，或是吃壽司搭配的嫩薑——有草根性，穿透卻落地。

遇見，玫瑰花

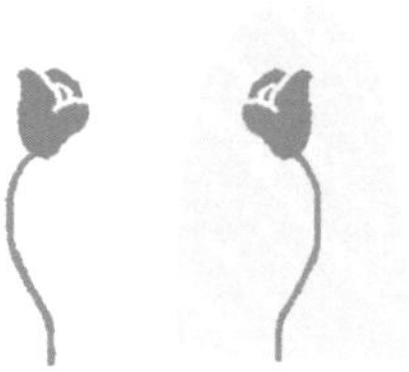

小王子的玫瑰花

玫瑰草1滴＋玫瑰天竺葵2滴＋玫瑰2滴（10％）＋桂花1滴（10％）

召喚愛的芳香噴霧

玫瑰3滴（10％）＋香桃木1滴＋大花茉莉1滴（10％）＋酒精5 ml

寵愛自己芳香乳霜

玫瑰1滴（10％）＋玫瑰籽油10滴＋玫瑰純露1 ml＋凝膠2 ml

春斂清雅的蜜香

甜果花類

柔靜清幽型花香　橙花

許久以來，都只是吃著酸甜解渴且多汁的橙果，從來不曾有機會遇見花。直到認識橙花的那天，才深深覺得，對於這株植物，自己錯過了太多。

如果你喜愛香氣與植物，那必定不能錯過仰望一棵橙樹。他可以萃取出三種風味的精油，每一種都令人著迷。一般芸香科柑橘屬的植物，果子芬芳，葉片芬芳，花朵芬芳，一樹三香。柑橘果圓潤飽滿，香氣如果汁與糖果般潤澤活潑，明亮輕快有如小孩；柑橘葉堅韌油亮如皮革，香氣苦後回甘，是大人樣；柑橘花則清幽柔美，一點酸、一點甜，如出浴美人，純淨脫俗。

橙花初香有蜜釀的柑橘果香，底蘊有溫柔的苦，好似默默撐著……幾秒之後，慢慢有些散開，鬆柔容靜，有穿透性的純淨，走到溫柔暖和的花香調——會想起陽光還在，還能仰頭看到大片藍色白雲的天空，就是好日子。

半殘香，像清晨走進一座初開花的橘子園，滿園清香啊！

香氣頗有留白的禪意，也很有自我追尋與解套的調子。給總是執行很多很多事、燃燒自我小宇宙的人們，拍拍肩膀，說聲「辛苦了」，提醒著放過自己吧！

在這種苦味的果花香裡，會覺得香氣很懂自己，竟成了關鍵安撫的調性。我不禁細細想著，苦，是一種什麼樣的氣味印象呢？香氣帶上苦味，聽起來是不討喜的，中藥的苦，白白細絲的苦，果皮的苦，藥草的苦。苦，原本實在不像是會帶來美好想像的氣味，像肩上壓著重擔子，像吃到黃連，說不出口只往裡吞，氛圍不算舒適也不可愛，這應該要皺眉才對，怎麼會有人喜歡苦呢？

意外的是，帶上適當苦味的香氣，把酸、甜、柔、透，通通溫柔地烘托著，讓這些細微的變化不斷若隱若現地交錯著，有辛苦，但苦裡回甘。柔美於外，苦韻於內，讓每個區段更清晰獨立，也甜，也酸，幽幽地來來回回，竟好似形成真實人生的樣子。

花香帶點苦，藥草帶點苦，果香帶點苦，森林帶點苦，竟顯得成熟穩重一些，延展出思索的深度與氣度，視野隨著香氣層次變得廣闊。在苦裡覺得心安理得，腳踏實地，深受大人們喜愛。

厚甜蜜釀安心感　桂花

「凡花之香者，或清雅或濃郁，二者不可得兼。」唯有桂花，清雅卻濃郁。

有些甜果花香較為溫厚，有重量感，覺得安定可靠，桂花便是。

曾經擁有幾盆桂花，養在家中陽台，每天拉開窗簾迎向日光的時候就會看見。深綠色的葉子，硬質帶鋸齒狀，新冒出的芽葉是柔嫩的紅褐色。隨著時節流轉，會在某個模模糊糊起床的日子，聞到帶著蜜果淡雅的香氣，清甜卻濃烈，此時便興奮地知道：花開了！無比秀氣的星狀淡黃小花，細細碎碎地聚在樹枝邊上，如集結的小姑娘們。

精油氣息厚甜許多，比較像遇見一瓶桂花蜜。微微酸澀，彷彿把頭埋進一籃剛採回的莓果裡，有繁膩的濃烈擁擠，甜蜜感強，也像釀製的蜜餞。等待時間經過，香氣轉變成若有似無，花果幽靜的華美漸出，回到記憶中的那棵桂花樹。

這種熟悉又舒放的香氣，在姑丈的後花園，在老家的前陽台。在都會巷弄迴身經過的轉角，也常可見數十棵桂花樹，這是我在台北很喜歡近身相認的樹之一。

遇見，甜果花

酒釀清雅桂花巷

檸檬香桃木1滴＋甜橙1滴＋桂花1滴（10％）

橙花舒壓安心滾珠

橙花6滴（10％）＋苦橙葉3滴（10％）＋佛手柑2滴＋基礎油5ml

一見如故的溫暖熱情

濃花香類

草綠茉莉花茶香

茉莉是典型、爲人所知的花香，極致的濃郁冶豔，一出場便是豔冠群芳的女明星，是主角型人物。

大花茉莉初聞甜如荔枝，飽滿串串在枝頭，有熱帶水果如香蕉或鳳梨熟成時的厚甜香氣。非常有活力，喚醒身心原始的創造力。像是久未見面的朋友，進門便笑得開懷著給你一個誠意滿滿的大擁抱，厚實的關係，很有熱度。對於自身的熱情，篤定而張揚，是情感湧現、自信滿滿的香氣。

阿拉伯茉莉是台灣常見的居家植栽，香氣收斂一些，相較於大花茉莉，顯得輕鬆低調，有著更貼近日常的柔軟。收斂了戲劇化的熱情，將溫度轉換成妝點日子的觀察與創意，淺淺埋伏在生活的巧思，是小家碧玉型的茉莉調。在原本既有的茉莉香裡，開展出綠色調，像是繁華富麗的花園裡，點綴上輕輕翠綠的色系，稍稍推開了擁擠的濃甜。延續在尾韻有茶香的想像，似生活小品的茉莉綠茶，輕盈寫意許多。

然而，若以爲茉莉僅止於此，那就太可惜了。

其香氣穩定綿長，似一襲華麗的晚禮服，有著長長托尾的裙擺，優雅地走在衆星雲集的紅地毯上。等待晚宴散會，末香好似與麗人在花園間閒適漫遊，氣質溫和而舒放許多。半殘香如褪色的切花，有淡淡熱帶水果的甜，淡淡柔雅，甚至帶有一點淡淡草本的苦……

每年四月到九月間，隔壁巷子的茉莉盛開，我總想特別繞個遠路去找她。將鼻子湊近飽滿的花苞與小白花，慢慢深呼吸，享受盛放時極致的美，也參與花期過後的消散。

熱帶爽朗的依蘭

依蘭與茉莉都屬濃郁型花香，但依蘭卻更爲爽朗、直白，氣味層次轉換快，感覺個性簡單一些，有東南亞島嶼的樂天性格。如果說茉莉像是歐式宴會上的華麗水晶吊燈，依蘭就像海島旅行的草裙舞，脖子上掛滿串串熱帶系花朵，歡快地載歌載舞。兩種花都展現出濃郁的熱情，香氣性格則一個如在室內，一個已經推門而出到了海邊。

依蘭也有香蕉或鳳梨等熱帶水果的甜香，而且濃度、密度很高，有黏稠的嫵媚感。當氣味的變化來到了殘香，外放的香氣調性散去，最終成爲優雅美麗的溫柔花香，似夜裡的女神，令人極爲驚豔。

遇見，濃花香

春天來到御花園

茉莉2滴（10%）＋永久花1滴（50%）＋橙花3滴＋黃檜1滴

皇貴妃御用面油

茉莉1滴＋白緬梔1滴＋銀葉金合歡1滴＋晚香玉1滴＋玫瑰籽油5滴＋基礎油10 ml

香蕉派對放鬆滾珠

依蘭1滴＋零陵香豆1滴（50%）＋晚香玉1滴（10%）＋基礎油5 ml

＊茉莉可依喜好選擇大花茉莉或阿拉伯茉莉。

卡布奇諾甜奶泡

奶香花類

有別於茉莉的綠色茶香，有些花朵類精油是醇厚的奶甜味，非常豐滿。

第一次遇見晚香玉，是清明回家時，阿嬤插在電視機旁的切花。白色花朵在彎彎的青綠莖上層層疊疊，滿滿的，氣味濃郁芬芳。阿嬤說，那是夜來香。

・・・

晚香玉精油有厚甜奶製品的香氣，似卡布奇諾上的牛奶泡泡，綿密堆疊，嘴唇邊沾染一圈白花花的蓬鬆，幸福滿足。也像週六夜裡，與好友對飲的一杯貝里斯奶酒，有醇厚溫暖的微醺。甜美可愛的焦糖味襯於底，氣味印象想起焦糖系列的小零食們，爆米花、棉花糖、牛軋糖、奶茶……還有德國道地的偉特牛奶糖，好似遇見那名叫諾貝爾的糖果師傅，正在用鮮奶油與糖慢火烘焙著。口中慢慢融化的香醇鮮奶味，讓人放鬆且上癮。暖暖奶香中略帶動物感，有豐盛、甜美、富足的感受，彷彿有源源不絕的新鮮乳汁，彷彿遇見《聖經》裡牛奶與蜜的地方，有上天打賞，豐衣足食，有被照料著的安心。

白緬梔俗稱雞蛋花，花瓣雪白，近花心處漸呈金黃，五瓣旋繞開展，鮮明俐落。佛經與《聖經》都載有此花，似是天上人間的仙境。花香甜雅溫和，清楚明確。精油香氣不似鮮花溫雅，更爲明亮一些。初香輕盈明亮，先有果香如水梨、桃子，或甜甜的哈密瓜，於後底蘊奶甜香慢慢出現，有溫潤輕透的流動感，像明治鮮奶，口感輕薄滑順且香氣四溢，也像童年時的麥芽口味調味乳，是第三節下課最期待的事情了。笑得開心地享受現在，卻也往前展望。

水仙精油初香爲莓果氣息，接續慢慢轉化成奶香甜感，變換在兩種風格之間。我習慣用感受較爲穩定強烈的印象來歸類，於是就書寫記錄於此。氣息一路變換時較爲黏稠拖尾，加上有些厚度，像是乳酪製品，也像炒百合的口感，溫潤中稍微有嚼勁與硬度。微微穿過菸草與雪茄想像的調子，慢慢穩定下來。跟著天然香氣在氣息間的變化與想像，好似觀看一幅流動的繪本，慢慢感受，慢慢記錄，逸趣橫生。

遇見，奶香花

紅茶奶蓋

晚香玉1滴（10％）＋欖香脂1滴＋白緬梔1滴（10％）＋玫瑰草1滴

貝里斯奶酒

晚香玉4滴（10％）＋零陵香豆1滴（50％）＋橙花2滴（10％）＋道格拉斯冷杉1滴

復古知性烏梅香

莓果花類

有些花類精油，香氣帶有烏梅與果乾調，透露出些許的食物感或藥感，卻同時也混合了蜜香，呈現經時間淬煉的溫柔古典尾韻。氣味轉淡後，延續成一杯淡雅的烏龍茶或東方美人，舒心而美妙。

果乾烏梅的古雅香氣

銀葉金合歡屬豆科金合歡屬，葉片有似霧膜般的銀白色而得名，開花時整棵樹金黃，球狀花似羽毛般發散透光，團團叢聚於樹，是夢幻的植物。精油初香以莓果氣味展開，中段果甜香帶著濃郁的蜜感，混合上青澀，呈現鹹甜鹹甜的風味。像在美式賣場買的大包蔓越莓果乾，能咬到果皮乾的顆粒，口裡散發莓果香。也像兒時廟會買到的蜜餞，或是加入核棗的小糕點，棗甜混合著發酵、醃漬的淡淡煙燻。尾巴節奏變慢，輕輕緩緩走著，有行雲流水般的柔和曲線，像東方九曲流水的古典庭園，知性雅緻。

菩提花同樣也帶有莓果香，與前者相較，香氣則渾圓飽滿些。手邊這一瓶以超臨界流體萃取方式而得的菩提花精油，果甜與青澀的感受都加重了，像是大顆的果實，並延續出醃漬橄欖香。香氣個性柔中帶勁，較聚焦、有主導力與包覆性，讓我想起《紅樓夢》裡的王熙鳳，不失優雅且極富管理經營的邏輯，有女性掌權者的主管風範。以空間感而言，菩提花似一座更爲繁複的庭園，棗紅色樑柱的雕琢更爲講究，是精工打造的富貴人家。

白花藏木蘭帶有文人氣質，香氣極美且獨特，花香的優雅與莓香的酸甜同步溫暖地出現，好似在風和日麗的日子裡，一艘下江南的遊船。船上布置雅緻，文人間或品茶、作畫、吟詩，有知性的人文之美，緩緩展開成一幅山水繪卷。

復古紅牆裡的桂圓紅棗

永久花是蠟菊屬的植物，銀灰色的莖枝上披著柔軟的細毛，黃色花朵採摘乾燥後的形體，與盛開時一般無二，似永不凋謝，因而得名。精油氣味是自成一格的莓果調，濃郁有個性，似一杯補養身子的桂圓紅棗茶。香氣較為渾厚華麗，有入口棗甜，有香脂溫潤感在底蘊，亦有紅褐色的印象，加上茶香，延伸出帶有紅磚瓦牆的嗅覺想像。彷彿置身在一個陳舊復古的品茶空間，或回到了過往的一段日子裡，有一些具份量的古典物件，時間在其中堆疊、累加。順著香氣，穿過時間的長廊，最終的一點醇厚香甜似酒，賦予穿越的閒適感。

靜靜，回首看著歷史的軌跡，終究回到了當下。

遇見，莓果花

古韻優雅的一杯茶

永久花2滴（50%）＋玫瑰4滴（10%）＋
羅馬洋甘菊3滴（10%）

老街的柑仔店

銀葉金合歡1滴（10%）＋白花藏木蘭1滴（10%）＋
桂花1滴（10%）

乾燥花草茶

藥草花類

有一類的花朵類精油，不似花，不是強勢厚穩的典型花香，反而比較像草。一些乾燥感，一些花草茶的想像，我喜歡稱他們爲藥草花類，多爲菊科。

菊科的植物，花朵由兩種形態組成，外層是白色花瓣，中心則是密密麻麻的管狀小花，擠在一起排成黃色團團的圓，是法國田野上常見的小草。整片排排立在土地上，像一群仰望天空的小太陽，很療癒的長相。

羅馬洋甘菊由特殊的蘋果香氣開場，非常小巧可愛，香氣有純白乾淨的舒適感，好似小寶寶們使用的厚毛巾，無比細緻柔軟，極爲親膚。香氣底蘊帶有厚度的甜，帶來純淨溫暖的安心，也適合躁動時使用。

生理期前後的日子裡，我特別喜歡使用羅馬洋甘菊，好似幫身心找到一種溫柔體貼的呵護感，令人感到安定。

末香慢慢轉爲乾燥，有一些草苦氣味，好像喝到一杯添加菊花的安神花草茶，鼻子裡的菊花香氣，搭上舌尖上似甜菊的甜，很有陪伴感。

‧‧‧‧

德國洋甘菊是著名的安定肌膚用油，精油呈現奇幻的深藍湖水綠，顏色來自於有名的消炎成分：母菊天藍烴。

德國洋甘菊的香氣表現與羅馬洋甘菊的時間軸恰巧相反。初香是極富藥感的草苦味，草藥感強勢又濃烈，大多會嚇跑一衆殷殷期盼前來朝聖的人們。若是耐心等待一些時間，氣味將慢慢轉換出淡雅的蘋果氣息，像在日本青森買到的可愛切片蘋果乾，或是飽含糖分的青草茶，也像品一杯氣味細緻的本土菊花茶——這是一個外貌粗獷，但內在溫柔的個性小菊。

遇見，藥草花

古典英式小花店

德國洋甘菊2滴（10％）＋阿拉伯茉莉1滴（10％）＋銀葉金合歡1滴（10％）

月亮生理期芳香照護油

羅馬洋甘菊4滴（10％）＋依蘭2滴＋芫荽籽2滴＋基礎油5ml

花朵類香氣迷你分類

玫瑰花類	輕酸澀甜荔枝園	大馬士革玫瑰・白玫瑰
甜果花類	柔靜清幽型花香	橙花・蓮花
	厚甜蜜釀安心感	桂花
濃花香類	草綠茉莉花茶香	大花茉莉・阿拉伯茉莉
	熱帶爽朗花香	依蘭
奶香花類	卡布奇諾甜奶泡	晚香玉・白緬梔・水仙
莓果花類	果乾烏梅香	銀葉金合歡・菩提花 白花藏木蘭
	桂圓紅棗老磚牆	永久花
藥草花類	乾燥花草茶	羅馬洋甘菊・德國洋甘菊 野洋甘菊

單品香氣速寫摘要

・植物名下方分別是英文名／拉丁學名／產地

大馬士革玫瑰
Damask Rose / Rosa damascena / Bulgaria
酸澀發酵，復古優雅，菸草味，奶奶的碎花洋裝，沉著，有條理，落落大方

橙花
Neroli / Citrus aurantium / Egypt
甜美蜜感，細緻清雅，底蘊溫柔但不消散，龍眼香，空靈脫俗有仙氣，清晨果園

桂花
Osmanthus / Osmanthus fragrans / China
桂花蜜釀，蜜甜果香，微微流動感，夏日清甜蜂蜜水，輕舞飛揚

大花茉莉
Jasmine Grand / Jasminum grandiflorum / Egypt
華美，大器，優雅，穩重有氣勢，醇厚奶香，糖果甜，富麗堂皇，奢華感，熟女

阿拉伯茉莉
Jasmine Sambac / Jasminum sambac / India
茉莉綠茶，綠色調，水果蜂蜜，有內涵與氣質的優雅，熱帶水果，底蘊飽滿

依蘭
Ylang / Cananga odorata / Comoros
南國風花香，香蕉磅蛋糕，爽朗直白有享樂感，島國海灘渡假感，迷醉酒香

晚香玉 Tuberose / Polianthes tuberosa / India
卡布奇諾的甜奶泡，焦糖奶茶，溫暖的醇厚牛奶，牛乳香，椰子香口味乖乖

白緬梔 White Frangipani / Plumeria alba L. / India
奶味梅子香，桃子果甜，流動感，堅果香，麥芽口味調味乳

水仙 Jonquille / Narcissus jonquilla / France
初香莓果，後轉奶甜。黏稠感，似乳酪製品，炒百合，沉穩，雪茄菸草調

銀葉金合歡 Mimosa / Acacia decurrens / France
蔓越果乾，青澀蜜餞，核棗，莓果甜，蜜感，海苔鹹香，末香似東方美人茶

菩提花 Linden / Tilia cordata / Bulgaria ＊超臨界流體萃取法
烏梅，甜蜜餞，醃漬橄欖，芭樂果乾，海苔醬，棗紅色，古典庭園

白花藏 White Champak / Magnolia champaca var. alba / India

木蘭
烏梅汁，奶香，蜜感，輕盈，梅花餅，山楂餅，琥珀糕，老梅松子棗泥月餅

永久花 Immortelle / Helichrysum italicum / France
桂圓紅棗茶，桂圓枸杞，梅子，陳舊復古，時間感，磚紅老房子，酒韻

羅馬洋甘菊 Roman Chamomlie / Chamaemelum nobile / Germany

蘋果香，糖果甜，嬰兒毛巾的柔嫩感，草苦味，草藥感，乾燥菊花茶，溫柔安心

德國洋甘菊 German Chamomile / Matricaria recutita / Hungary

藥味，草苦味，小倉鼠籠子裡的乾草，小農蜜感菊花茶，全糖青草茶

光景三　食之感——種籽類香氣

去尋找冒險的種籽，天馬行空，或荒誕離奇。
豐合內斂之後，保持幽默感與樂觀，準備出發！

敲著響亮的鐘聲，揚帆啟程──
揮別花朵，揮別綠葉，揮別圓潤豐滿的碩果，
最終成為籽，一個終點，一個開始。
收理、打包好行囊，勇敢開始試煉的旅程，
挾帶生存的任務，穿過原野、山陵與海濱之處，
展望不知名的遠方──

香氣是家族中享樂派，一整群嘰嘰喳喳的小角色，
充滿活力，活潑開心，有媽媽去市場的各種青菜味，
有奶奶滷豬腳的八角味，有中東的奶茶糕點味。
展開一桌子鹹鹹甜甜的佳餚，
熱切地想去品嘗人間的冷暖悲歡。
種籽類香氣，貼近庶民們的小生活，
說著真切活著的故事。
貨真價實的，跟著香氣去冒險！

籽

米族，未發待萌，植物傳承繁衍之初

說植物

種籽，植物之子，最初萌發的啟動點，結束與開始的臨界之處。植物一路開花結果往前推進的過程裡，到此，萬化歸整成一個精華的存在。

我的工作台上，有一個小玻璃罐子，裝著四處蒐集來的種籽們。拇指大小、披著如巧克力紅褐色糖衣的是仙桃種籽，是吃完仙桃留下來的；彈珠大小、有奇幻蝕刻斑紋的是木棉科馬拉巴栗樹的種籽，記得是老爸從辦公室旁的大樹下撿回來的；幾個頭頂尖尖、表面凹凸有皺摺如波浪，整顆看又如大腦構造的是胡桃種籽，還有一堆不知打哪裡來的松樹毬果……大大小小、稀奇古怪地堆著。

在還沒遇見適當環境的時候，種籽大多收斂著，貌似死寂，實則一個個耐心蟄伏，帶著打包好的濃縮行囊，飄飄蕩蕩、四處流浪。一旦時機成熟，泥土受雨水浸濡之時，便可喚起他的生存動能，把渾身儲備已久的養分，一股勁轉換爲成長的能量，破殼發芽，成爲自己。

這是一群活潑有創意的小人物，顏色大多不像花果般亮眼，比較是泥巴或是樹皮土土的色系，是老成的大地本色，好像回到最初的樣貌。不過其形態倒是極盡可能地豐富、搞怪。小時候最喜歡的蒲公英，種籽帶有輕飄飄的翅膀；血藤籽表面光滑，扁扁的如硬幣一般；大者如酪梨籽，小者如芝麻粒，有的還帶小刺可黏附到動物毛皮上，有的張牙舞爪像小刺蝟，也有堅硬如銅牆鐵壁的，也有甚至能被動物食入再完好地排泄出來……每一顆種籽都有一套獨特的生存法則，每一顆種籽也都有一段奇幻的旅行故事。

種籽以各種出人意表的創新形式，離開母體，努力傳播著，勇敢開啟獨一無二的旅程。

我一邊寫，一邊想著什麼時候自己也有這種不知天高地厚的傻勁呢？第一次離家求學的時候，初入社會的時候，轉職變動的時候，移居台北的時候……每一次踏出舒適圈的改變與出發，都像拿到一顆不知名的籽，有時候隨波逐流一段時間，有時候關著門自我思考一段時間。總是期待心中的籽能夠遇到命定的土和雨，總是好奇那顆籽能夠長出什麼樣的姿態與樣貌。

還有一種籽，初始小小且微不足道，但有潛力去成就日後的巨大。還在母校任教的時候，教授曾對我說，教學並不是一定要學生永遠記住什麼，而是讓學習變得有趣，讓學生在過程中感受到成就感和價值，我們在種種籽。老媽退休後，每週和志工媽媽們相約驅車到偏遠山上，去說故事給小朋友們聽，我曾對她說這樣太辛苦，媽媽則說：「我們在種種籽。」是啊！當我們播種入土，就是投放一個眞誠的心意，細心澆灌、施肥，日日殷殷期盼哪天晨起，會興奮地遇見土裡冒出新嫩的小芽而雀躍不已。

「我對種籽有信心，只要我相信你那裡有一顆種籽，我就準備看到奇蹟。」亨利・大衛・梭羅如是說。

籽，啟發念想的源頭。老媽常對我說：記得幫自己種種籽。

說香氣

「今天想去市場！」我說。

如果要找種籽芬芳的精油植物，必定要走訪一趟市場，去菜攤上找尋。從廚房到餐桌，從正餐到小吃，這一類的植物全是平日媽媽們下廚佐菜再熟悉不過的蔬菜小配角，像是蘿蔔湯裡的香菜、炒肉絲的芹菜，還有茴香、胡蘿蔔、荳蔻、孜然……

若要萃取這類植物的精油，常使用他們的籽來萃取。這些籽的個頭很小，氣味卻非常強勁濃烈。一般人對精油總有美好氣味的想像，卻總在種籽氣味出場時，忍不住一下子驚奇地瞪大了眼，或噗哧一笑——想不到心中原本夢幻的天然香氣，竟可以是一碗滷蛋豆干，或是一杯印度奶茶——這個出乎人意料之外的氣味家族，展開極為入世的自然芬芳，熱情活潑，有些搞笑且充滿生命力，好吃的、可愛的、趣味的、歡笑的，是載歌載舞的氣味嘉年華。

種籽香氣開場的爆發力強，有一股腦兒往外衝的動能，帶著獨特的辛香刺激，奔放著進入鼻腔，大聲嚷嚷著宣告自己的存在。氣味特殊且辨識度高，只要存在就一聞便知，常見的有帶八角味的茴香、具異國風情的荳蔻、散發類青椒味的香菜、飄散著生嫩菜土味的蘿蔔或芹菜……或許是因為與美食串連的記憶，每回聞到這一群香氣，就像豬腳出現的時機一樣，似有一桌子的豐盛，桌邊此起彼落的大呼小叫、寒暄話家常——香料的氣味有嬉鬧享樂的印象，帶著濃厚的人情味與笑意，開胃又歡樂。

香料類家族的特質，有較爲跳躍的香氣節奏，彷彿可以挑起一些古怪的點子，很像綜藝咖，總能有出人意表的新想法，天外飛來一筆地打破原來的秩序，適合啟發靈感與創意，讓太過嚴肅的情勢，稍微幽默一下。他們的香氣也有熱情躁動的推力，不安分地煽動著探索世界的欲望，低聲催促著趕緊出發。種籽追求的並非生活的安穩平順，而是要較量孰能精彩地活著、如何遇見生命的新奇與不凡，勇敢地闖蕩出自己繽紛的旅程。

剛開始用香時，常不敢使用這群香氣，或者說，不知道如何使用，深怕這些壓倒性的食物氣息，會把優雅夢幻的畫面渲染成毛毛躁躁的搞笑派對。我曾經在原本柔和、溫馴的薰衣草原中加入一滴甜茴香，結果，得到一個瞬間彈跳而出的滷豬腳！這樣的效果常讓人不知所措，這一類香氣們自然被束之高閣了好一段時間。

單品聞香通常容易過於直白，直到某次不經意再次嘗試，才驚奇地發現，如果能適當稀釋之後再來使用，就可以讓這些活潑的種籽們成爲畫龍點睛的小配角，協助香氣更有活生生的感受與韻味。在一片森林或花園調性裡，若適切地點綴一些微微的香瓜子餘韻，就能添加輕鬆的幽默感，也添加了入座的夥伴與人煙，是另一種形式的舒放。這些嘰嘰喳喳的小人物，只要放對位子，可是氣味家族中不可或缺的靈魂人物呢！在香氣裡冒險，有時會栽跟斗，不過只要爬起來，卻可能會遇到不同的風景，似乎也像籽，不必設限，儘管去體驗。

每次想要使用這群搞怪香氣的時候，或許是最近的自己也充滿了想要往前的動力，於是和籽相遇，得到了鼓勵：應該是要勇敢一下了。

寫種籽類香氣的這一週，有了「蒐集材料」這個冠冕堂皇的理由，於是開心地去了一趟夜市大快朵頤。蒙古烤肉、新疆羊肉串、鹽酥雞，或是撒著香菜的豬腳豆干、魷魚羹麵、肉圓或大腸麵線……滿載不同香氣的料理，貼近庶民們的小生活，說著眞切活著的故事。遇到要舉辦種籽香氣品香講座，那一天總是特別忙碌地張羅各種食物材料，就像年節或中秋的大採買一般。先到超市購入洽洽香瓜子，再去蚵仔麵線攤弄些香菜，課前七手八腳，煮一壺印度香料奶茶，很是熱鬧。

這些活潑好動的氣味，充滿溫暖有勁的火能量，冬天寒冷的時候找他們，能給身心一些熱力與溫度；心灰意冷的時候，他們也會嚷嚷著要你走出去，提醒你笑一個。因爲能夠暖身，種籽香氣也常應用於與消化相關的情況，正好與他們帶來的料理印象相契合。

夢見自己是一顆籽，
有好多輕巧的翅膀，
可以隨風到遠方。
要出遠門，
有些不熟悉，
有些害怕，
也有些緊張。

但生命有時是這樣，
走到一個路口，
綠燈已經亮了，
整一整背包，
就要勇敢往前去，
就像現在！

老闆，今天點一碗滷肉飯

茴香籽系列

每一個人都有一家心中喜愛的滷肉飯小吃店，有的在廟口，有的在夜市，有的在校門邊……我喜歡的在市場底小巷子口邊。小小一碗米飯，淋上醬汁，香噴噴的鹹甜，似是簡單卻也不簡單。讓人記憶深刻的氣味，常常是食物。茴香系列的香氣，大多有八角氣味，像是滷肉飯出現的時間。

甜茴香就精油氣味而言，是過動的籽，他的花卻是春日裡可愛優雅的小黃傘。幾年前，春天清明節回老家拜拜的時候，驚奇地遇見茴香。滿滿盛開的金黃色小花群，襯托著柔軟稀鬆的枝葉，飄搖如細絲。花群排列既不散漫也不擁擠，而是如佈星陣一般有各自的定位點，規矩地排列成傘狀，張開。一個、兩個、三個……先以十數個點狀小花相聚成團，數個小團再圍繞成一個發散陣形，小傘排成大傘。一個個金黃色的曼陀羅，散落在阿嬤菜園的保麗龍盒子裡，歸屬爲繖形科。「我沒種，不知哪飛來的，自己長大了呢！」阿嬤開心地跟我介紹著。如果有機會在鄉野間看到花開如小傘的植物，記得停下來，數一數，觀看一下，像是心中展開一個美好小世界，讓人覺得心花怒放。

甜茴香精油的香氣是實實在在的八角氣味，像是滷肉飯，能夠讓人很快想到那些放在滷蛋豆干裡的八角塊，星星狀，甜甜鹹鹹，可以讓人想到所有八角衍生的食物菜餚，東坡肉、醬燒豆皮、大鍋滷、滷肉飯、阿婆鐵蛋、麻辣滷肋排，或是阿嬤過年時的那一大鍋滷豬腳。香氣中帶著果香酸溜的甜，明亮、濃郁、可口，有水潤鹹香如醬油，也像深色的五香滷汁。氣味強勢來襲，卻發散得快，節奏像是一個寬闊往外的開口，聲漸大，有推動力，律動似蜻蜓點水般起落，稍有速度感的推散。末息似酒精，有些醚類的醉感，尾巴很長，像是鼻腔裡一直有一些騷動、帶有搔癢感，嗅覺的小纖毛被提醒著前一秒的甜香。

整體氣味印象是滿滿的歡聚與幽默感，想到新年返鄉時，嬸嬸、奶奶在老家廚房裡忙進忙出的景，滿桌子的豐盛正在熱鬧堆疊，大把的青菜、大鍋的滷汁，還有桌子周圍七嘴八舌寒暄的人們，形成活潑團聚的氛圍。每回品香，甜茴香總是讓人越聞越餓，飢腸轆轆地忍不住想起身找些食物。

到了末香，香氣慢慢變淡，像是晚上八點，餐後泡茶、閒聊、嗑香瓜子，一點點淡淡的酸與甜，輕鬆的愜意與美好。穩定持平，甘草香氣顯得更爲細緻。

你的記憶中，過年時是否有洽洽香瓜子與滷豬腳的陪伴呢？也許試著用氣味說一個年，用上八角系列的香氣，提醒自己滿足地笑一個，提醒自己那些入世的幽默與團圓的幸福。

・・・

洋茴香的喧鬧感降低，與甜茴香相較，風感變強，八角氣味後退許多，整體變得較爲輕薄，像是過眼雲煙的山珍海味，我喜歡稱之爲「滿不在乎的籽」。

這是另外一種繖形科的植物，茴芹屬，別稱茴芹，常用於製作茴香糖果或茴香酒，是中古世紀至今重要且深受喜愛的藥用植物。種籽是三到五公釐的橢圓裂果，乾燥後灰褐色形如葡萄乾，細細碎碎很可愛。蒸餾萃取成精油後，主要的芳香分子屬醚類，較甜茴香更爲單一強勢，安全性亦較需要留意，並非人人皆適合使用。

洋茴香的氣味維持有香瓜子的辛甜食物感，但甜較爲通透，後轉輕盈似中藥的甘草，仍然有笑鬧與閒茶小點的氛圍，卻比甜茴香多一分氣質，香氣的節奏緩和一些，更爲愜意。在這樣的氣味裡，能感受到幽默中帶有淡淡的悟性，像是自我解嘲的短句。

我曾經興致勃勃地從量販超市買回一瓶法國進口的茴香酒，那是前幾年普羅旺斯之旅的遺珠之憾，當時行李實在已經超重也塞不進去，於是放棄。購得的當天，我興奮地打開，找朋友共飲，滿滿鼻腔是辛辣四散的八角味，彷彿是各種辛香擁擠著爭先恐後，然後滿天散開。酒精入口醇厚，再一次辛辣入喉，萬馬奔騰，我在驚嚇之餘，試著理解與感受這樣的香氣在某一個地域裡的故事。

許多中歐地區的傳統酒都以茴香爲重要的原料製成，茴香被廣泛地使用於消化，並成爲調理身體方方面面的藥草植物，有的內服，有的外用，爲身體帶來火元素的推動力。法國早期釀造有具毒性、迷幻效果的苦艾酒，後來被禁止之後，便發展成茴香酒；其他如希臘的烏左酒、保加利亞的乳香酒、義大利的薩母布卡……如果有機會，一定要嘗嘗這些帶有滷肉飯香氣的神祕飲料。

藏茴香又稱葛縷子，這一株也是繖形科，不過是開白花的傘，白色花朵形狀如霜花般，仰望朝天。原生於小亞細亞，自古埃及、羅馬，至阿拉伯半島，久遠以來都有使用藏茴香的紀錄。嫩葉可用來煮湯、製作醬汁，也可拌入沙拉。種籽曬乾用來製作麵包，也可加入烤馬鈴薯中，或搭配燉肉、烤肉、香腸等等，依然有香料類植物協助消化的本質，是歐洲的人氣香料。

藏茴香精油的香氣除了淡淡的八角甜香氣味，還額外多了許多氣味區段，層次豐富。帶有木調性的深沉，一點油漆的松香，一點麥味輕甜，顯得中性低沉一些。速度感沒有其他茴香那麼奔放，灰濛濛的，稍微有深思熟慮的調性。也有乾燥中草藥香，輕透疏通，似是有枯枝樹幹的冬天園子，像是馬廄或穀倉。中段氣味不斷轉換，有八角的鹹甜香，有一點青菜味，有一點九層塔的羅勒味，也有辛感如肉桂的甜低低地間歇閃過，顯得鬼靈精怪、多變巧妙，我喜歡稱他爲「搞怪多變的籽」。

藏茴香的末香有似孜然的沙啞，這時候，他又變了，像是阿拉伯半島上更爲乾燥的沙漠區域。

小茴香又稱孜然，雖稱爲茴香，但與茴香家族的氣味不太同調，自成一格。雖有八角氣味，更強勢的是一股似有肉品的腥香，帶有脂肪感的醬油鹹香，鹹裡有甜，悶悶的鼓譟騷動，又有一些中藥感，尾段乾草味，似是有各種香料聚集的推擠與熱鬧，像一大盆新疆風情的天香回味鍋，或是蒙古羊肉串，有邊陲地帶的異國感，是心目中青康藏高原的生活想像。

開胃的籽，八角氣息

春節圍爐團圓飯

紅桔5滴＋甜茴香2滴＋荳蔻1滴

巴豆度度腹部芳香照護油

甜馬鬱蘭3滴＋藏茴香1滴＋白千層1滴＋零陵香豆1滴（50％）＋基礎油5ml

庶民菜攤上一把鮮青菜

青菜籽系列

小時候喜歡當跟屁蟲，常和媽媽去傳統菜市場玩耍，媽媽的本意可能是要我學著辨認蔬菜水果，不過這些我一直都記不住，倒是喜歡看市場各種熱鬧的小景，擁擠的、吆喝的、豪邁的、寒暄的，一攤接一攤，然後看著各種食材一袋袋慢慢掛滿機車的各處。有些在菜攤上常見的蔬菜，精油牆上也有，他們充滿生鮮菜味，是健康有活力的香氣，屬於青菜系列。

芫荽俗稱香菜，是青菜系列中甜美的代表。以前從沒特別注意過這個小蔬菜，總是覺得他是個理所當然的存在，似乎四季都有，長期駐點於小吃攤。直到某一次開設品香講座前，爲了要買香菜，在市場裡東奔西走卻遍尋不著，這之後才開始留心到這個神奇的小植物。香菜大多批發給小吃攤，市場有時並不容易見到，極缺貨的時候，甚至每台斤要價到兩百元以上。拾心的每位夥伴，總有許多爲了備課四處尋找植物的故事，不管是央求菜攤老闆，或是央求大腸麵線攤老闆，或是到巷弄內撿花，去大樹下找葉子……生活裡有著與植物另類的互動。

如果仔細留意，會發現芫荽是台菜小吃裡不可或缺的奇幻配角。彈牙的肉圓、清新爽口的蘿蔔湯、黏糊糊的麵線和肉羹，還有芋頭粿、豬血糕、米粉湯……香菜的氣味，與各式鹹食非常合拍，尤其能在黏稠口感中帶來清爽的層次。台式料理大多使用其鮮嫩柔軟的葉片與植株，但異國料理的印度菜或泰式風味餐，也常使用植物另一個馥郁芬芳的部位，是種籽。相較於葉片有臭蟲感的氣味，種籽溫和柔軟許多，有輕盈果香與柔美的花香調。

芫荽籽精油就是萃取自種籽，在我的經驗裡，許多平常飲食排斥香菜的朋友，卻可以接受芫荽籽精油，甚至喜歡。這讓我不禁在每次吃到香菜時，就會多留意一下植材與精油的差異，是近幾年覺得相當有趣的香氣觀察之一。

芫荽籽精油的香氣非常美妙，有菜味，卻是以溫暖的甘甜香爲主，像是多了些厚度的菜甜，有略帶浮華烘托的溫潤感，似農家裡每日樸實工作的採收大姊們，有可靠親切的溫厚個性。微微的綠色調帶來清爽，加上胡蘿蔔這類根莖的甜，順著有微微刺激鼻腔的胡椒香，彷彿遇見巷口家常的小館子，有各種熟悉的小菜佳餚，不是山珍海味，卻有習慣的吆喝與口味，充滿一方鄰里的在地滋味。保留鼓譟，卻不喧鬧，柔和馨香，讓人覺得安定。末香菜味盡散，展開微微酸甜的柚子香氣與天竺葵似的柔嫩，有愜意閒適的雅緻，好像館子老闆娘端上今日特別招待的綠豆湯，或是正開封分享特製的醃梅子，窗外花好月圓。

··

芹菜是極具草根性的籽，生嫩、微苦的氣味裡充滿各種層次的菜味。植物被歸類在繖形科芹屬，莖枝有別於一般菜類的柔軟，葉柄長粗，莖幹中空挺直，莖、葉皆有香氣可入菜，是眾所皆知的全方位營養蔬菜。我很喜歡在前菜的沙拉中吃到新鮮的芹菜，咬在嘴裡卡吱作響，相當爽脆，有草本蔬果的鮮甜，帶著如洋芋片餅乾的口感。平常大多被拿來炒豆干肉絲、炒魷魚花枝、炒金針菇玉米筍……這些都是媽媽們的拿手好菜。

芹菜籽精油的香氣菜味十足，強勁有力，好似市場老伯樣式齊全的青菜攤，攤上擺著深深淺淺的蔬菜，軟的、硬的，長的、短的，一把一把亂中有序地堆在菜攤上，攤上還有些是掛著的，下方也有一籃一籃疊著，也有裝在箱子裡的……琳瑯滿目的青綠色。

不同層次的菜味，層層疊疊，有一些菜腥味，也有生嫩菜苦味，像青椒或牧草，像是深綠色的精力湯、小麥草汁，或是小時候流行過一陣子的明日葉。微微乾燥與沙啞的藥味似苦瓜，其中有胡椒辛感，也像濃濃的當歸人蔘味，讓我想起生病時會喝的水煎中藥湯，香氣底韻有苦，發散的同時卻仍有厚度地持續著，感覺喝下這碗湯，就可以藥到病除，身強體健，頗有把吃苦當吃補的豁達樂觀，是鄉野小人物的通透。換個角度想，也像冬令進補的藥膳排骨，苦裡有甜——是苦？是甜？似乎是一線之隔。

若要在調香上使用芹菜，就眞的是挺冒險的了。通常需要小心地修飾與搭配，才有辦法將菜味收斂，推出沙啞溫潤的苦感，同時還要能帶出中藥感的香氣。平常這類菜味香氣的確較不容易搭配使用，常常一不小心就讓原本調製好的優雅花園，硬生生跑出了苦青菜的氣味。不過如果需要蔬果的生鮮氣味，就一定要找他們了。前幾年參與剝皮寮的冬日生活節小展覽，調製一個庶民菜市場的作品，用上這些蔬菜種籽萃取的精油，像芫荽籽、芹菜、茴香……等等，似乎能營造出傳統市場裡那些菜攤、滷味、生鮮蔬果百家爭鳴的長廊，詮釋出庶民熱鬧吆喝的平凡與豐盛。調香時，原本覺得似乎太喧鬧了些，沒想到香氣放到展覽上，卻成爲許多來訪的媽媽們笑著說很喜歡的氣味。喜歡，或許是因爲熟悉；熟悉，於是雖然平凡卻很安心。

胡蘿蔔籽是一個極致的菜味香氣，屬於沉穩的籽。在品種上，用來萃取精油的一般爲野胡蘿蔔，並非平常食用的品種。開白花，繖形科，二年生草本植物。

胡蘿蔔籽精油是有名的皮膚照護用油，不過氣味在衆多精油中並不討喜，有類似白蘿蔔或菜頭的生鮮菜苦味，不是直截了當的明朗通透，開場是悶悶的一股生澀草腥味與青菜味。不過，隨著時間推移，慢慢化開在底蘊的苦，卻讓氣味有咖啡色的土壤感，樸實扎根，呈現老式泥磚房的土氣味。與其他種籽相較，胡蘿蔔籽的調性緩和、穩重了些，沒有喧譁的場景，而像是一個人用餐的桌，自己緩緩享受著偏野鄉村的晚餐，品嘗野味小菜的香甜，每一細節都嘗得清楚且滿足。

清甜在後，氣味節奏越走越安定，也越來越甜。想起朋友自家有機栽種的蘿蔔，採取後，擦一擦稍微洗一下就可以直接咬一口，沒有生苦，而是回甘的菜甜，是會讓人上癮的新鮮。菜味的尾巴有一些水感，像是白天不知道誰採收好放在村子口門邊的蘿蔔、蔬菜們，一夜過後有些露水的濕氣，混合著根莖或青椒的鮮甜氣味。

菜菜籽，健康的氣息

巷口家常小館子

芫荽籽2滴＋芹菜1滴＋熱帶羅勒1滴

煥然一新芳香面油

芹菜1滴（50％）＋胡蘿蔔籽3滴（10％）＋玫瑰籽油2滴＋
基礎油5ml

印度歐咪押給的記憶

奶甜籽系列

從前在學校時，有一段時間實驗室來了一位印度的新朋友，是老師的博士後研究員。他來台灣的那五年，只要每次回印度又返台時，就會帶著塞滿行李的香料與名產糕點回來送大家吃。大大小小，米色、白色不知名的方塊們，都是滿滿的荳蔻香氣。

‥

荳蔻，又稱小荳蔻，薑科，香氣濃烈華麗，是討喜的籽。

作爲香料，荳蔻不是青菜或八角的氣味，跳脫了菜餚的籽，呈現的是奶香甜感，適合與具有奶味香氣的糕點或飲料搭配，像是有名的印度奶茶，便是使用荳蔻作爲關鍵的香料之一。第一次喝到印度奶茶，是在一間咖哩餐廳，當時出於好奇，想知道印度的口味。啜飲奶茶，入口盡是濃郁華麗的香料感，氣味扎實飽滿，雖然只是一杯飲品，味覺卻豐富得像一道甜點。對於當時的我而言，這種日常不熟悉的香氣，透露出一股中東異國風情的神祕感，像是蒙著面紗的舞姬，藉由深邃的眼睛與飽滿的肢體動作，敍說那片從未踏上的遙遠國土的故事。

去年到南印度旅行，驚奇地遇見了滿山遍野的荳蔻。植株根莖粗壯，薑科的葉片細長如粽葉，比人還高呢！果實在接近根部處側生，將果實的草灰色外皮剝開，裡面有四、五個相依堆疊的黑色小籽，串串十多個，很可愛，稍微撥弄、把玩一下，就滿手都是甜膩膩的濃烈香氣了。

荳蔻精油的氣味以濃甜的奶香開場，有閃爍明亮的華麗感，像夜裡點滿燈火的穿廊，火光搖曳，從近處往遠方綿延，燈籠串串相接，一路上，遊人如織，似慶典般熱鬧。其中有強勁發散的風感，讓甜美不只停留在水平面，而是邁力地向上拋灑，直推向繁星的天空中，又如漫天飛舞的花瓣落下一股辛香。發散的辛香並非一閃而逝的煙花，後續承接著濃郁且實在的厚度，讓火光穩定持久。有果實香，有花香，有糖果的甜香，有熱呼呼的奶香，在鼻腔內刺刺癢癢地騷動著，在心裡營生出一股溫暖火熱的踏實感——是的，騷動與踏實並存著，荳蔻的香氣可以向上昂首仰望，也有往下穩穩前行的質地。

荳蔻精油的組成很特別，具有清透與火熱兩種特質。實際存在於精油中的芳香成分，以氧化物類的分子爲主，能夠帶來清新涼爽，並以遼闊疏通見長，同時卻也有本質上香料感的火能量，藉由熱循環來溫暖身心，給予人們一股下接土地的生命力。在傳統藥草的療癒應用上，具有雙向特質的荳蔻常被用於調理與呼吸系統的相關症狀。

除了飲料與甜食，荳蔻也是咖哩的關鍵香料之一。甜食如荳蔻燕麥餅乾、荳蔻磅蛋糕、荳蔻櫻桃派、瑞典的荳蔻肉桂捲等，鹹食如荳蔻椰香咖哩、荳蔻佐義大利麵，而記憶裡印度朋友的小點心，搭上非常厚實的糖霜，吃一口要配上一大杯水才行，當時只覺甜膩得可怕，現在卻有些懷念……荳蔻的氣味，有一段與遠方國度朋友相處的記憶，有搖頭晃腦的溫度與熱情。

慶典的籽，中東風情

寶萊塢舞姬

荳蔻2滴＋廣藿香1滴＋大花茉莉2滴（10％）

呼吸保養芳香油

荳蔻2滴＋綠花白千層1滴＋欖香脂1滴＋羅馬洋甘菊3滴（10％）＋基礎油5ml

種籽類香氣迷你分類

茴香籽系列	八角醬滷香瓜子	甜茴香・洋茴香・藏茴香 小茴香 *
青菜籽系列	青椒菜味草根甜	芫荽籽・芹菜・胡蘿蔔籽
奶甜籽系列	奶甜閃亮寶萊塢風	荳蔻

* 小茴香氣味自成一格，因名稱關係筆記列於茴香家族之下。

單品香氣速寫摘要

・植物名下方分別是英文名／拉丁學名／產地

甜茴香
Fennel Sweet / Foeniculum vulgare / Moldova
八角滷味，滷蛋豆干，滷豬腳，水潤明亮，活潑，歡聚豐盛，幽默感

洋茴香
Anise / Pimpinella anisum / Spain
茴香糖果，茴香酒，有氣質的八角味，歡聚團圓，辛甜，洽洽香瓜子，牛肉乾

藏茴香
Caraway / Carum carvi / Czech Republic
淡淡八角加上一點苦味，天香回味火鍋，黃箭口香糖，香蕉油，黃芥末

小茴香
Cumin / Cuminum cyminum / Egypt
天香回味火鍋，邊疆風情，蒙古烤肉，孜然香煎牛排

芫荽籽
Coriander Seed / Coriandrum sativum / Russia
溫潤菜味，菜甜香，馬鈴薯或蘿蔔的塊根，彩色甜椒

芹菜
Celery Seed / Apium graveolens / Hungary
青澀菜苦味，菜土味，菜市場，種類齊全的菜攤，青椒苦瓜味，水煎中藥

胡蘿蔔籽

Carrot Seed / Daucus carota / France

生鮮菜味，蘿蔔菜頭味，印泥，牧草，野菜甜，咖啡色土感

荳蔻

Cardamom / Elettaria cardamomum / India

印度奶茶，濃郁華麗奶甜香，甜食，熱鬧的祭典，發散感，異國香料

光景四　陪伴之感——藥草類香氣

去找地中海的日光，溫和柔軟的草啊，
鋪地而生，粉紫青綠。這些小小的角色，
低著身子陪伴，是咱們日常芬芳的好朋友。

如果想幫草說話，
應該用什麼樣的方式前進呢？
一個暖暖的冬日，將路邊剛採的小花紮成束，
放入一個日系素燒小陶瓶，
就在屋子透光的角落擱放著。
光的線條細細地穿過空間，心裡於是甜甜暖暖。
這般溫和鬆柔的日光感，想起藥草類香氣。
氣味不華豔美麗，也不強勢，
質地較為樸實鬆放，
低低散落在身邊成為一種陪伴。
因為知道有伴，內心的某個角落，
好像願意打開窗子來曬曬太陽，
安心地允許自己，鬆動了些。
日子小小的，卻也好。
很多小小的事，也很值得微笑與擁抱。

草

草族，破土萌芽之葉，鋪地而生

說植物

草，原指禾本科，後延伸為矮小植物的泛稱。有一群芳香植物，植株較為低矮，並非雄偉的大樹，沒有硬朗粗壯的枝幹，擔不起百年老樹的名號，平時也不太起眼，卻大多是自古以來，一直陪伴在身邊的那些好用且常見的藥草植物。

想遇見這些小藥草們，可以走一趟披薩或義大利麵專賣店。青醬是九層塔氣味的羅勒製成，葉片尖尖的迷迭香搭配香煎雞腿排，葉子圓圓小小的百里香放入野菇燉飯，普羅旺斯紫色小花的薰衣草與奶茶變身為拿鐵，薄荷與巧克力碎片成為聖代……從前菜、湯品、主食到甜點，好多可以萃取出精油的小藥草都在上面，嘰嘰喳喳地列席在這些味覺派對裡，雖不是主角的料，卻是提點風味層次的重要小角色。

這些小植物通常生長力好，只要環境恰當，就會遍佈於山野民間，都市裡也常見。他們的植株柔軟，連著莖、枝、葉，或許還有花，可以方便地直接使用，因而被稱爲藥草。精油也是，將地上之物採下，全株放入蒸餾桶萃取而得，也歸類爲藥草類。

迷迭香是我前三名學會認得的小藥草，連都會台北的路邊也常見。尖尖葉子聚集在莖枝上，像青綠色的小狼牙棒直挺挺，是很容易記住的模樣。如果遇見，我喜歡用手輕輕壓一壓小葉片，或搓一搓整片如小草般的葉叢末梢，享受掌心一股清爽的草本氣味，似夏日裡綠色遼闊的草原。

他們似乎是祖先早早就發現的生活好夥伴。有時狼吞虎嚥吃太多，肚子不舒服，發現採一些後院的薄荷或迷迭香泡杯茶，好似就可以緩解；想要放鬆心神的下午或夜裡，取一些門前的薰衣草沖杯熱牛奶似乎有幫助；感冒咳嗽時，放一點百里香來舒緩症狀似乎有效……

慢慢地，在代代與各種小藥草互動的經驗裡，累積了口耳相傳的小祕方。他們以藥用植物的姿態，四散在傳統醫藥古書的角落，有的可以撒上食材來入菜，或直接沖泡成茶，或入湯藥幫忙治療，用於烘焙、製作果醬、泡酒……是百搭又貼近生活的隨身陪伴。

我每天澆著拾心香研裡的一盆薄荷，一邊想像著老祖先初遇他們時的驚奇與樂趣……

這些小草的精油種類很多，除了雜交品種繁多，同一品種也會因生長環境而有不同的香氣個性，延續著「草」的庶民性格，是八大分類裡勢力第二龐大的家族。單單薰衣草的品種，就有眞正薰衣草、醒目薰衣草、穗花薰衣草、亞碧拉薰衣草、喀什米爾薰衣草……又如百里香，平地栽種的氣味較爲剛烈刺激，精油稱爲百里酚百里香，中高海拔的香氣溫潤柔和許多，精油稱爲沉香醇百里香。

這一類的植物不至於太難種，萃油率也高，細細碎碎地形成一個雜支與細節非常多的類別。避開幾個較爲刺激的香氣，大多是居家基礎常見的精油，非常實用。

要找他們，彎下腰，低著身子。

說香氣

初識藥草香氣，是大家熟悉的眞正薰衣草。一株薰衣草，在春天播種耕耘，經過多年長成，在初夏微熱時，穗狀紫色小花初開，全株採收準備放入蒸餾桶，萃取成精油。

香氣從柔和的粉嫩似花香，到略有份量的甜美，最後鬆鬆地擴散在身邊，氣味分子彷彿布朗運動的光點般，四處散落於空間之中。有停留之意，卻不如木質類過於厚重嚴肅，比較像一室溫暖的日光，是一種較爲鬆放的陪伴。

陪伴，是很特別的過程。似乎不急著要去哪，或回復成什麼樣子，而是等待著。等待情緒起落、流動、宣洩，等待掛心的事情慢慢釋懷，等待著時間往前。問題的解套有時好似不是在釐清你對我錯，而只在於時間。

藥草香氣入息之後的時間感，會有一個微微清幽的拖尾，好像事情還在，只是稍微隱身，淺淺在底蘊。這些心思，疊加到日子裡，等待時間慢慢消化。

突然想起五年前曾經臨摹的一幅畫，是莫內〈撐著陽傘的女人〉。畫面上乾燥炙熱的日光，淡藍的天與青綠的草地，顏色變化著，最後停在滿身金黃色光影灑落的卡米爾夫人身上，隨風揚起的面紗與裙擺，以及回眸看著摯愛的神情。空氣透光明亮，也間適寧靜，非常溫暖，卻似有一些不知名的部分在消逝。

若要調製印象派畫家們光影幻化的感覺，或許用得上幾株藥草吧！

藥草類香氣，多以草本調爲主軸。初香或許甜、涼、辛、衝，有時夾帶蜂蜜、草腥、莓果、中草藥。在中香之後，個性轉爲中庸溫穩，像柔和的日光啊，或鋪滿一地短短扎扎的草，末香微微乾燥的苦澀與菸草味，如角落裡褪了色淡淡枯黃的小草花束。香氣輕者入茶，強勁者入菜，療癒者入藥。

無論以何種質地起始，常會在尾韻有鬆柔散開的停留感，以一種不喧譁的姿態，在需要訴說與傾聽的時候，輕輕灑落包圍著，給予心靈一些被理解與支持的安心感，因而放鬆。這樣的香氣像家人、像好友，像突然撞見的那些知心的文字或劇，很有照顧者的陪伴性格。

我喜歡將藥草類精油以四時的質地作分類，像是回到本質的庶民性格與陪伴。春日的輕質溫暖，如薰衣草或甜馬鬱蘭；夏日需要的透涼爽利，如薄荷或迷迭香；秋天的蕭瑟清苦，如鼠尾草或冬季香薄荷；冬日需要的熱情活化，如檸檬香茅或羅勒。

在每一個季節裡，都有一株草，以不同的溫度，小小的陪著你。

草，生活的好朋友。

夢見自己是一株草，
個子不高，低低的，隨風搖曳，
蜻蜓翩翩點起點落，捎來天空的消息，
短耳貓慵懶地邀約著下午茶的聚會。
想去四月天裡的鼠尾草田，
串串門子，想在十月清晨的微風裡，
曬曬露水，發個呆……
日子有熱有涼，來來去去……
偶爾，也羨慕大樹的挺拔昂揚，氣宇非凡。
但著地有著地的風景，
小小角色也有自己能做與該做的事情。
於是，我仍然在日光下，安分守己地繼續，
閱讀著春秋四季，書寫我的風景。
風鈴輕輕響著，提醒自己：
是雨是晴都很好，春天還會來的！

春天和煦的日光

輕暖草調

輕暖系藥草，是陪伴與傾聽的好朋友。

三月天，萬物復甦百花開，舒服的日光，迎著舒服的風。或許有一個體貼的氣息，像是拍拍肩頭啊，倒杯茶，讓心情渡個假，放輕鬆。

想起普羅旺斯的貓與太陽，想起輕暖的藥草。

地中海渡假日光感

初學芳療的時候，對薰衣草並沒有太大的興致，或許日常過於熟悉，像是便利商店的薰衣草奶茶、薰衣草抱枕、薰衣草娃娃、薰衣草清潔劑……或許是軟柔溫順的調子，總覺太過嬌弱，當時正值年輕的血氣方剛，硬生生地覺得自己與此氣味並不相同，毫無交集。時過多年後，再一次遇見，卻是種驀然回首的安心感，像回家。

薰衣草的唇形科小花叢聚在頂端，淡淡的，是神祕又奇幻的紫。近年在台灣普及被認識之後，普羅旺斯是紫色的，北海道是紫色的。當我們聞到薰衣草的氣息，可以非常快速地帶上淡淡紫色田園的氣味印象。

當畫面與氣味的連結慢慢被串接起來，呈現出社會在一段時期集體建構的感官意識。初香粉嫩，非常溫暖，如輕輕披掛上肩頭的毛毯被子，是近身柔軟的陪伴。節奏緩緩推進至中段，有一股較為濃郁、尚未化開的果甜如糖漿，間或想起熟成的黃綠色哈密瓜，是在舌尖或鼻腔中有重量的甜。香氣尾停留持平，盈滿卻最後稍稍鬆散一些，擴散於整個空氣之中。

氣息溫柔、暖洋洋，似有慵懶豐滿的貓兒漫步或瞇眼打盹。

牆上斜斜照落著溫暖的光，像是一間透明的花房，或日式柔和的空間。日光鬆鬆軟軟地篩落至屋內。窗邊，有熱茶，有株小小的盆栽，幾本書散落。屋子圈著日光，不疾不徐，優雅安穩與愜意，輕盈著梳理，卻仍有入世的重量。

什麼時候曾經有這種日光呢？在馬賽等候火車的兩個小時，坐在邊牆上塗鴉時的日光；在亞維儂古堡裡，獨自仰望中庭的日光，發呆半小時；前往卡斯特蘭途經的小鎮上、尼斯的海灘邊、拜訪夏卡爾美術館的那天……

地中海的日光有一種抽離的時間感，彷彿穿過幾個世紀後，一切依然還在。貌似凝結的時間裡，仍然有許多細碎的前進，沒停歇，卻很可靠。擁有日光之後，擔憂和害怕似乎有些緩和下來，停下腳步曬一曬，等待日光修復內在。相信日光，於是安心享受當下。

我想起林徽因寫在心中的春天：

笑音點亮了四面風／輕靈在春的光豔中交舞著變……／雪化後那片鵝黃，你像／新鮮初放芽的綠，你是／柔嫩喜悅水光浮動著你夢中期待的白蓮／你是一樹一樹的花開／是燕在樑間呢喃／你是愛，是暖，是希望／你是人間的四月天！

打開一瓶薰衣草，會遇見鬆柔舒放的溫暖，在日光下微醺。

大家常說薰衣草的個性像媽媽，仔細想想或許八分像呢！當忙碌而感到疲累匱乏，聞到薰衣草，會有回到家般的溫暖陪伴，好似在外面受了委屈或沮喪，但會有一個包容、任你耍賴任性的地方，讓人安心與放鬆，可以放心著停留與療傷。

但受到療癒後，又充滿幹勁時，這氣味無盡包容的陪伴又令人覺得太過擁擠、窒息，於是想要擺脫這些包袱與習性，想爭取更多一些自己的空間。薰衣草的香氣，有母性包容與付出的性格，給予微笑般的鼓舞與支持，但香氣也呈現沒有縫隙、完整包覆的陪伴——這點也神似媽媽吧！

我試著加一些風元素的尤加利或綠色調的茶樹，多一些青綠色的葉子或景深，給出空間感，就可以獲得一個彼此自在、舒適的位子，這與親子兩代相處的概念也很相似呢！

十多年前，到花蓮念書的時候，媽媽塞了一條灰色圍巾給我，忘記是什麼材質的了，印象中只記得款式很簡單，短短的素色，非常保暖。寒流來時，冷得打哆嗦的時候，我圍著；社團夜半排練的時候，我圍著；晨起合歡東峰攻頂的時候，我圍著；約會的時候，我圍著……我還是記不起圍巾的材質，只知道想來就暖呼呼，毛茸茸地圈著，是家人的溫度。

我曾經創作一個關於「家」的香氣命題，表達著溫暖與窒息間的矛盾感，用許多藥草來堆疊，有些甜，甜中溫柔帶苦，有些包覆，當然也很溫暖舒服，讓心安住下來。

回到最初的地方，陽光普照，內心溫暖。再怎麼灰暗的時候，仍然有未來值得期待。

海島渡假蜂蜜感

一開始喜歡快樂鼠尾草，或許是因爲他的名字。

心情低落的時候，薰衣草像是坐下來聽你說話的好朋友，而快樂鼠尾草則像是輕快拉你去喝一杯的好朋友。同樣善解人意，個性與溫度卻有些不同。

這是一個自帶渡假感的放鬆香氣，人如其名。初香輕透有蜂蜜感，很明亮，像遇見打翻蜜糖罐子的維尼小熊，圓圓滾滾的，傻傻對自己笑著，傻裡面是簡單的開心，是孩子們喜歡的香氣。中段之後慢慢漸層出優雅的茶香想像，似輕快的錫蘭或伯爵紅茶，接續到有份量卻不厚重的甜，像乖乖桶的水果軟糖，依然有穩定陪伴的感覺。因其香氣節奏稍快了些，個性外放了些，形成一種輕鬆、有活動力的氛圍，卻也走得舒適，因此愜意。

香氣裡有畫面，或許是椰子樹與吊床，或許有白淨的沙灘，或許有涼亭。

想起幾年前的長灘島小旅行，下午三點，沒排什麼行程，就待在海邊的躺椅上，輕輕晃著腳，晃著手中剛點的那杯酒⋯⋯拿在手上的筆是怎麼樣也冒不出一個字⋯⋯我看著天光，看著水，一望無際的湛藍色天空，一望無際的細白沙灘，微醺著不想分出界線，思緒空無一物。最後，輕輕笑了笑，放過自己，進入發呆的時間。

快樂鼠尾草，是海島型渡假感的香氣印象。殘香時的空間更顯遼闊，海天一色無雲，無比明亮了起來。

小木屋渡假感

甜馬鬱蘭，走入林子的渡假感，從海邊到山，是低低的藥草，但呈現偏中性木香的陪伴，安穩閒適，離開塵囂，似進入野放的林，夜宿山中小木屋。

半息之前有些涼透，似松節油上揚，卻溫柔和緩許多，不急也不嗆，淡淡清新縈繞的類木香調。木香裡帶有苦澀與乾草，像野地山林中的咖啡色小木屋，林中溫潤的濕氣，森林裡滿地松針，深深淺淺褪色的棕黃，細細碎碎，柔軟地鋪襯在腳下。尾韻甜裡回甘，襯著一些菸草香，原始古老。香氣輕盈悠揚但平穩，很有自己的步調，愜意地走著。

小時候，家族旅遊常夜宿阿里山或獨立山的木屋。整個夜，被淡淡的木香包圍，氣溫清冷，咖啡色的屋子與綠色的林都顯得乾淨與清澈，林中的水霧與花、清晨與露珠，我喜愛這樣冷靜的樸實與安穩——與此同時，還有與家人一起渡假的安心暖甜。

殘香如乾燥花，也像久放的橘子皮，淡淡果香，參雜一些松木屑。如果要調製一個山居歲月的香氣，想到甜馬鬱蘭，那是藏入記憶裡，小時候的山。

想念暖春的草原與花，
用上一點輕暖的藥草

地中海日光

真正薰衣草2滴＋佛手柑3滴＋沉香醇百里香1滴

下午三點的伯爵紅茶

佛手柑1滴＋快樂鼠尾草1滴＋玫瑰草2滴

記憶裡的山居歲月

甜馬鬱蘭2滴＋挪威雲杉1滴＋穗甘松1滴（10%）

渡假放鬆芳香噴霧

快樂鼠尾草3滴＋玫瑰草1滴＋酒精10ml

夏日轉角的噴水池

清涼草調

清涼系藥草，是降溫解熱的好朋友。

我行走在都會的七月天，風和空氣都是窒息的暖熱，喉頭乾渴，水泥鋪面蒸散著一股火燥潮濕之氣，汗流浹背。

想念起太平洋的海，想起涼感氣息的小草。

清新水潤涼感

薄荷是一個再熟悉不過的香氣了！古今中外，從糕點烘焙到日常。

然而我沒料到，要寫薄荷竟是不容易的。拿著一張聞香紙，反覆聞來聞去，筆記上就甜甜涼涼，巧克力啊，冰淇淋啊……坐在桌前半晌，卻不得其門而入，被困在尋常的事物裡。

越熟悉的事物，框架好似越難擺脫。最後索性跑去巷口的超商，買了一包口香糖。對薄荷精油的第一印象，是口香糖，一包五片的綠色青箭，在舌尖上的甜涼。柑仔店門口有，計程車上也有，隨時提神保持頭腦清醒。許多日常的小物也是這個氣味，面速力達母、德國百靈油、白花油、萬金油、薄荷條……

小時候我非常容易暈車，媽媽總是能從口袋裡，隨時掏出一支胖胖短短的薄荷條，不論哪裡不舒服，或是累了、吃壞肚子了，往頸上滑一滑，塗幾下，再捏一捏，就能立即神奇地獲得舒緩，不適症狀因此解套，彷彿萬靈丹藥。於是，隨身帶一點薄荷產品，好像變成一種護身符，有一種涼涼的安心感，可以緊急幫忙應付突如其來的事。

氣味甜甜涼涼，涼衝到辛辣，有存在感，也很有影響力。

精油初香甜帶辛，很有份量。一開始直線進入，半息之後透涼感突然拉升，有速度地直上雲霄，尾韻高音透心涼，像翻身到幾個八度之外。收尾的軌跡裡好似還混合著藥草調的微苦與沙啞，滑落回地。搭著呼吸，像一次又一次的雲霄飛車，上揚又回穩，引動刺激，再緩緩落地。

層次沒有很多，卻很阿莎力，節奏明快。若與繁複的香氣比較，薄荷的氣味區段較爲扁平，且過於有辨識度及影響力，使用上很常壓倒群雄的存在。然而，如果想要找一個有份量的厚甜，會想到薄荷，特別是要描述水感的涼。

若是一份海洋系調性的香譜設計，放入薄荷能夠呈現水感豐沛的嗅覺想像，像悠遊自在地徜徉在藍色水體的遼闊空間，而承載物件的水面，漂漂蕩蕩，起起落落。

薄荷的甜涼也不只外塗，還常內用。想起一種扁扁盒裝的夾心薄荷巧克力，是遠方親戚來訪時的伴手禮，有小確幸的一種甜涼；街角蛋糕店的櫥窗，夢幻草綠色的薄荷戚風蛋糕，是奢華、適合犒賞自己的甜涼；我最愛的莫希多（mojito）調酒，是享樂的甜涼。

不少人常常以爲自己並不認識芳香植物，我常舉薄荷當例子，提醒著：其實彼此很靠近呢！他們以各種形式穿梭在我們的生活裡。

薄荷品種非常繁多，原野薄荷的涼爽乾淨如海，胡椒薄荷混合有椒辛感，綠薄荷的涼更爲聚焦強烈，像是一．五倍加量酷涼的 EXTRA 口香糖，火辣感從鼻腔通往腦門。

時至夏，調製一瓶薄荷水噴霧，復古又時尚的一種甜涼，補給清爽，解解熱氣，想要多一點的衝動與勇氣！

遼闊綠色調

我其實不太會種植物，幾個月總要除舊交替添購新的植栽，老公總說被我買到的植物一定前世有所虧欠。唯獨迷迭香，可以陪伴我好幾年！堅強地度過忘記澆水的酷暑，撐過不小心剪枝太多的冬天，挺過傾盆大雨或寒冷的北風──一直還在，於是榮登我心中藥草植物耐性排行榜，常常是我推薦給親朋好友開始芳香園藝生活的首選。

迷迭香的英文名字是 Rosemary，拉丁學名由 rosmarinus 延伸而來，ros 意指露水，marinus 是海洋，兩個字根組成的意思，是「來自海洋的露水」，很美麗的名字。偶爾像這樣遇見香草們偏偏旁旁的訊息，會像是偷偷撿到祕密的小紙條，窺見植物的一些過去，很有意思。有些與地理歷史有關，有些和人文神話有關，有些單單是茶餘飯後的八卦消息，卻也都讓草藥們多了表情和個性。只是這些資訊大多片片段段地出現在前輩口裡或非主流的書籍中，總是要耐心等候，無意間不小心耳聞，再喜孜孜地記下。

我曾經在夏天植物畫展中負責畫迷迭香。這類唇形科開花時，細細碎碎的小花叢聚在頂端，青綠色葉片密密麻麻，藍紫色的花朵也密密麻麻，多少會嘀咕著怎麼選了這個植物來畫，看得令人眼花，卻也眞心喜歡，佩服著自然的神奇。

爲了畫植物，會異常認眞地觀察細節，形狀啊、顏色啊、組織分佈……好好凝視，交手過後，和植物有更多一些的關係，這是很棒的事！埋首在青紫紅綠裡面，非常過癮。

新鮮迷迭香是清亮的綠色調，檸檬香，夾雜薄荷感的甜與涼，有些類香茅的活力與刺激，清爽強勢，卻不過於剛強衝動。氣味曲線仍然滑順，像一杯有想法的養生涼茶。很適合沖成一壺清新提神的藥草茶，或撒在一份香煎雞腿排上，幫助解油膩。

比起新鮮的迷迭香，精油香氣要來得更強勁尖銳，有速度感。香氣爽朗入息，初聞涼衝刺激，強勁透涼似口含仁丹口味兒，剛強上揚。像帶著綠色調往前奔馳的風，風大如利刃劃開空間。氣息飛奔著穿過一望無際的草原，像龍貓公車點起點落，疾行著呼嘯而過。整片青青草綠，柔軟地擺動身子，或短或長，由腳下延伸到遠方，就此展開一片空曠與遼闊的清新。想起墾丁的龍蟠大草原，落山風與綠色瘋狂共舞的地方。清新之間，夾雜微微的草苦，帶著木質香脂感，雖荒蕪嬌小卻很豪氣，同時藏有一些恬靜之意。

整體氣味爽朗舒暢，快人快語，抒發完就結束，理一理頭緒就出發，莫要再回頭，是一種想明確斷捨離的香氣。

迷迭香也是一個普通但很居家的香氣，經常用來提振士氣，不論是早上起床的時候，或是下午兩點瞌睡蟲來打擾的時候，只要你需要清晰冷靜的邏輯推演，或需要創意發想的靈光乍現，或需要想道理、論是非，或必須處理不擅長的困難事情，都能找他。迷迭香，像是颳起一陣風，讓人冷靜下來，又像是醍醐灌頂，將事情想個周全。

於是，每逢舉辦化學課這類邏輯理性的課程，學習前的開場聞香紙，選用的就是迷迭香。

迷迭香的香氣記憶除了清涼的綠色調之外，還能撈出歐式香煎雞腿排的記憶，可能是燒烤或煙燻酥脆的油潤鹹香，搭上這一股清脆甜綠，成爲難忘的滋味。有時在品香課說得天花亂墜，學員們都沒有共鳴，但一提到吃，大夥就點頭如搗蒜地同意了。我們有好多的氣味記憶，都是與食物串連著，一路以來，比想像的多，也很直覺。

・・・

牛膝草是同爲唇形科的小藥草，精油香氣甜美，清晰透亮，像是雨後青綠色系的草原，小草們被輕輕沖刷得新鮮柔嫩。氣味曲線細緻柔軟，似有微風與水流經過。其中微微的透涼感在底，些許像是龍角散。草的甜香與草的甜涼走得愜意，彷若獨飲一杯仙草茶，有幾分身心的透涼寧靜。

台灣的夏日不短，有好幾個月，還好，有清涼的草，草本帶涼，如轉角公園裡的小小噴水池。在炙熱的空氣裡，爲自己灑些涼水，吹涼風。

想念深深藍色的海，
用上一點清涼的藥草

夢的七星潭

薄荷1滴＋平鋪白珠1滴（10％）＋芳樟2滴

莫希多芳香噴霧

薄荷2滴＋甜馬鬱蘭1滴＋檸檬1滴＋酒精5ml

雪碧般清爽的角落

萊姆3滴＋迷迭香1滴＋檸檬2滴

消暑芳香噴霧

薄荷2滴＋薄荷純露10ml ＊使用前需搖晃均勻

旅行暈車芳香滾珠

薄荷1滴＋茶樹1滴＋真正薰衣草1滴＋甜杏仁油5ml

＊薄荷可依喜好選擇原野薄荷或胡椒薄荷。

似秋日肅收的乾燥原野

原乾草調

乾燥系藥草，是安守本分的小草好朋友。

上次遇到草，是什麼時候了呢？

在花蓮念書時，很喜歡在夜晚，相約到操場草皮上躺著看星星。頭頂偌大的黑幕，滿佈銀白色不規則的亮點。身子底下的土地，有時涼涼，有時溫熱，伴隨有潮氣輕潤的沙土味或生菜般的青澀苦味。

草味是一種貼近土地時，會感受到的氣息。或許刺刺扎扎，混合著泥土雜味，像烈日曬到乾燥沙啞的空氣，像黃昏落日時，黃褐色粗糙寂寥的枝幹，有一些蒼茫與穆然。像十月的原野，漫天土黃色煙塵四起，曲徑幽微的苦或青澀，像遇見〈天淨沙〉裡的枯藤老樹昏鴉，讓我想起褪色不飽和色調的秋。

他們總是粗壯又短小，平鋪在土地上，穩穩地待著。氣味也許不討喜，草土味、草苦味、草腥味、草鮮味、草藥味，卻是這個世界重要的原始模樣。

有一些藥草精油的確呈現這樣的質地，我喜歡稱他們爲安分守己的藥草們。

鼠尾草偏草苦調，似有一種穩定的規矩感，如祭司，有嚴謹遵循的軌道，覺得萬事萬物都有其秩序道理，不可強求，也不可輕易打破。傳統薩滿的淨化儀式裡，常見焚燒乾燥的白色鼠尾草來淨化空間，帶來安定內斂的氛圍。

冬季香薄荷是普羅旺斯路邊常見的香草，半息一點草甜香，尾勁聚焦推進著土苦與草腥味，如有菸草與胡椒，短小精幹地烘托著。香氣記憶點不高，像是默默無名的小草，不過卻是個相傳有強化身體能量的神奇藥草，在身體虛弱時協助恢復。

西洋蓍草是一個神祕的精油，本體呈現深深墨綠混合靛藍的顏色，像潛入湖底般魔幻。香氣以菜味的草腥感爲主調，呈現一種內外的衝突感。

每到一方土地上，我總喜歡搓一搓小草們的頭，感知這一方土地的氣息，與土地磨合也打個招呼，默默祈願稍後的演出或玩耍，能盡興平安。

想念乾燥蕭瑟的草原，
用上一點乾藥草

東部大草原

迷迭香2滴＋冬季香薄荷1滴＋玫瑰草1滴

神聖淨化芳香噴霧

鼠尾草2滴＋乳香3滴＋西洋蓍草1滴（10％）＋杜松漿果2滴＋大西洋雪松1滴＋酒精10ml

冬日壁爐裡暖手的火

香料草調

香料系藥草，是熱情暖呼呼的小草好朋友。

走到冬日，外境漸漸低溫寒冷，收斂閉藏，人與人的關係卻很緊密，從年末到年初有好多的節日，能讓彼此聚在一起，圈著一種內在的溫暖。第四類的藥草，是個性強烈的香料，奔放享樂的食物調，正適合冬。我喜歡把濃烈或食物感的藥草，放在這一類。

常見用於青醬的羅勒，或是泰式火鍋的檸檬香茅，或是醇厚濃郁似酒的印蒿，在一年將盡的冬，帶來歡樂與開心，七嘴八舌嘰嘰喳喳地話家常，有活潑的跳動感。

每一次聞到羅勒，都是笑得開心，因爲就像遇見深夜裡，誘人的一包鹽酥雞。貝殼般圓圓葉子的羅勒，初香是經典的九層塔香氣，開場推展著草綠色的青椒菜味，帶著甜發散往外，甚至到有一點鹹味，很華麗。半殘香甜感盡出，並緩緩加入奶香調。很像《白蛇傳》裡的青蛇，跳躍活潑，卻也優雅靈動；也像一份犒賞自己的宵夜，是一天裡結束前美好的小儀式，有幸福享樂感。

檸檬香茅則是爽朗的果香，節奏快，尖銳感多，乾淨解膩，酸甜明亮。收尾有堅韌的草根性，很有力道，是活力充沛的泰式火鍋感，像東南亞樂天的人們，不拐彎抹角，內心是開闊的一片海洋。

印蒿是最讓人驚豔的藥草了，這是一個價錢奢華，氣味也奢華的香氣，屬於菊科蒿屬的植物，原產於南印度。在植株開花時，全株採摘來蒸餾製成精油，其繁複華麗的香氣主要來自於花朵，亦有花香的優雅細緻與份量，因而也會被歸類為花香調。精油香氣以悶悶的醋騷與草腥味開場，飽和強勁衝入鼻腔，有葡萄紅酒的醇香與甜，有青蘋果的乾啞清澀，後續潤澤渾厚的果子甜香越來越飽滿，混合著圓圓滾滾的蔓越莓或藍莓發酵催熟。末香有深深褐色的苦楚，醇厚綿延至末，茫茫然的迷離。似走入酒紅色的地窖，開了第一百零一支酒，還沒醉。

香料草，是狂歡派對的好朋友，有些脫序，有些好玩，卻也貼近人生的一個重要面向，去建立與體驗，各種深深淺淺的關係。

想念冬日團聚的溫暖，
用上一點香料草

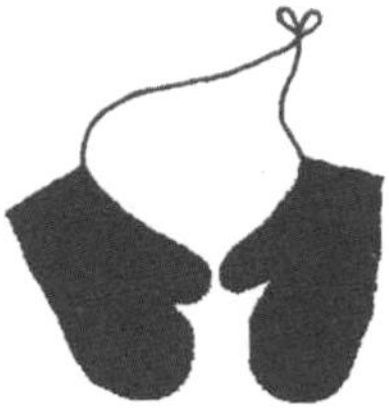

聖誕夜的海鮮大餐
甜橙6滴＋肉桂1滴＋丁香1滴＋羅勒1滴

私人酒窖
印蒿1滴（10％）＋甜馬鬱蘭2滴

行動力芳香噴霧
檸檬香茅1滴（50％）＋黑胡椒1滴＋茶樹3滴＋酒精5ml

＊丁香可依喜好選擇丁香葉或丁香花苞。

藥草類香氣迷你分類

輕暖草調	地中海渡假日光感	眞正薰衣草．沉香醇百里香
	海島渡假蜂蜜感	快樂鼠尾草．玫瑰草
	小木屋渡假感	甜馬鬱蘭
清涼草調	清新水潤涼感	原野薄荷．胡椒薄荷．綠薄荷
	遼闊綠色調	迷迭香．牛膝草
原乾草調	刺刺扎扎乾藥草	鼠尾草．冬季香薄荷．西洋蓍草
香料草調	九層塔幸福享樂風	熱帶羅勒．龍艾
	活力香茅調	檸檬香茅
	醇厚酒香莓果	印蒿

* 特別說明：印蒿華麗香氣的來源以藥草上的花朵爲主，有時也被歸類爲花香調。

單品香氣速寫摘要

・植物名下方分別是英文名／拉丁學名／產地

真正薰衣草
Lavender / Lavandula angustifolia / Russia
地中海日光，溫暖，愜意，放鬆，陪伴，漂浮感，柔嫩，柔淨，柔軟，醉甜，微醺

沉香醇百里香
Thyme CT. Linalool / Thymus vulgaris/ Spain
似島嶼藥草植物左手香，一點不安分，草甜，短草皮，有活力，佛朗明哥，吉普賽人

快樂鼠尾草
Clary Sage / Salvia sclarea / France
渡假感，蜂蜜甜，伯爵茶香，氛圍輕快，放鬆，享受人生

玫瑰草
Palmarosa / Cymbopogon martinii / India
檸檬紅茶，青草茶香，透亮花感似玫瑰，活力開朗，圓潤，有韌性，清脆綠葉，嫩薑

甜馬鬱蘭
Sweet Marjoram / Origanum majorana / Egypt
小木屋，咖啡色，輕木香，時間感，落滿松針的林子，潮濕松木屑，有露珠的綠葉

原野薄荷
Field Mint / Mentha arvensis / China
水感甜涼，薄荷曼陀珠，有厚度的甜，有份量的透涼，尾韻草苦

胡椒薄荷
Peppermint / Mentha x piperita / France
涼衝舒爽薄荷味，有份量的甜與涼，微微胡椒辛感與鹹香，薄荷炒蛋

綠薄荷
Spearmint / Mentha spicata / Egypt
薄荷口味青箭口香糖，有入口中的膠感，果甜香，薄荷牙膏

迷迭香
Rosemary / Rosmarinus officinalis / Spain
強勁有速度的風，綠色草本調，遼闊草原，涼衝，清新，疾風如刃，鄉村野地

牛膝草
Hyssop / Hyssopus officinalis / France
草甜清晰透亮，有微風與水流經過的柔軟嫩草皮，仙草茶，龍角散，雨後操場

鼠尾草
Sage / Salvia officinalis / Albania
苦茶，草腥味，短草皮，鮮味似昆布或海苔醬，收斂，秩序，規矩

冬季香薄荷
Winter Savory / Saturеja montana / Croatia
菸草或雪茄，曬乾後硬朗的草，淡淡杏仁味，乾貨味，穩定，秋收乾燥田園

西洋蓍草
Yarrow / Achillea millefolium / Germany
藥感，菜味，神祕藥草，草腥味有涼感，很健康的草本牙膏

熱帶羅勒

Basil / Ocimum basilicum / Egypt

九層塔味，鹽酥雞，草綠色，海瓜子，幽默感，尾韻迷醉感

檸檬香茅

Lemongrass / Cymbopogon flexuosus / Guatemala

香茅火鍋，清爽歡樂，輕快渾厚檸檬調性，活絡感，提神有動力

印蒿

Davana / Artemisia pallens / India

悶騷莓果酸，醇厚酒香，陳年釀造，雪茄，酒紅色地窖

光景五　風之感——葉片類香氣

去找樹梢上的風啊，清新透涼，輕輕搖擺著，
春芽夏長，秋落冬藏，吹過四季……

仰望樹梢的葉子，
春天長芽，夏日繁茂成蔭，
秋天落盡，冬天閉藏。
香氣，清新透涼，自由流動，
節奏快，流暢很有速度感，穿透性也強。
有時急驚風上揚如尤加利，
或幽幽緩緩滑過如雲杉。
有時較為尖銳爽利，
有時溫潤卻一瀉千里——
他們是一群擁有翅膀的小飛俠，
讓自己想想清楚，該往哪兒飛翔——
風鈴輕輕敲響，
遇見葉片類香氣，
遇見奔馳的風……

葉

草族，植物之末，枝幹之上，薄形感知世界者

說・植・物

葉，植物的末梢，感知與因應這個世界變化的樣子。

我喜歡漫步在母校理學院邊上的小路，抬頭可見一整排小葉欖仁，就在湖畔旁邊，繞著一個小小的圓環，圓環旁便是圖書館偌大的草皮。那是從求學到工作帶實驗課，幾乎每天必經的小徑。跟著他們，走過四季。

冬天的時候，光禿禿的枝幹上，葉子寂寥，日光穿過枯枝，曬起來非常溫暖。枯枝挺立，時間彷彿停滯下來，僅剩咖啡色的木，還穩穩存在著。低溫寒冷，一切更顯孤寂，我拉高外套的衣領，沒有久留。

等待回溫的春，才剛在風裡感覺到不小心透露的微暖，可能一夜過後，就能驚奇地發現，樹結上滿是初冒的新芽。那是密密麻麻點狀的綠，像畫筆般沾染在樹幹上。一整棵樹，一整排樹，新綠如婆婆媽媽般爭先恐後地探出頭，彷彿充滿動力地打聽著，暫離一

季的世界是否有了什麼新鮮事？是否有新的消息？或是成了另一個樣貌？……

等待小葉伸伸懶腰，舒展著慢慢長大，交錯繁茂，便來到了夏日。傘狀枝幹上，漸漸滿佈深淺不同的小葉片，相疊成蔭，襯著藍天，襯著風，輕輕搖擺，於是蔭下涼爽。畢業生在蔭下拍照留念，偶然巧遇老朋友或不同處室的同事，在蔭下話家常，和著蟬聲與日光，熱鬧著。

走過衝動的夏，外放的景致慢慢收斂褪去，葉片由綠轉黃到褐色，芒草片片白，在漸層不飽和的色譜裡，乾燥到掉落。秋天來時，我喜歡在湖邊踩葉片，棕色小葉子，片片落滿地，堆成一個厚度，踩起來柔軟，咖呲咖呲地響。瓦解形體，毫不戀棧地捨下與崩解，我欣賞葉子的乾脆豁達，有一種對未來篤定的信心。然後，再約莫個把月，仰望裡，又是兩排枯枝……

隨著四季更替，順應外境起落，葉片是植物面對世界的樣子，也像一個人之於外境，擁有拿捏進退的彈性。

葉片很會過日子。

說香氣

葉片芬芳的植物，是精油裡的大家族。翻開精油書，常見的葉片類精油便有三、四十種，實際的數量更是繁多，這一類香氣大多有隨風搖擺的質地，帶有一種風的感覺。

風是一種什麼樣的質地呢？看不見，通透，一溜煙。流動行進著，有點速度感，來去自由，無拘無束。感知到風，就像感知到季節的消息，察覺天地細微變化始末。葉子好似季節前導的小哨，傳遞出風在變化的實相。

葉片的涼，輕盈許多，質地較爲升發、開散，有仰望感，屬前導型香氣。相較起來，薄荷這類藥草是有厚度的甜涼，實重感強，似乎有口香糖的味覺，兩者質地不大相同。葉片的初香大多節奏快，行雲流水，延伸出開闊的空間感，且香氣的強度中偏弱，不太顯色。香氣不持久，容易飄散就過，與風一般，常隱身在其他氣味之中無法察覺，或僅是淺淺上色。「我的葉子去哪了？」有時學員會疑惑地問。其實他還在呢，只是幫空間吹起一陣風，讓視野看遠一些。

末香，回到甘草與些微透明的綠色調，一點沙啞苦澀，像日式老房子裡的木香苦。

葉子們擅長撐開時空的縫隙，進入一個有風奔馳的國度，讓繁複的花園舒放點，讓甜膩的水果清透些，讓空間留白——可以是一望無際的遼闊草原，或是清冷的高山，或山頂俯瞰雲海的壯麗視野。如果覺得混香過後的氣息過於擁擠、包覆，有些窒息，此時運用葉片類來解放梳理，是我喜歡的方式。

實際在療癒上的使用，以提振、醒神與協助呼吸舒放爲主，也常用來解壓、放鬆。香氣帶來的放鬆，大概是一種自由的解放與通達。想起通達，想起前幾日正看著蔣勳老師談莊子「逍遙」二字，描述一種清晰的自在。除了可以自由選擇外在之物，更能清楚地知道自己內心眞正的需求，擁有心靈的自由。自我認同的價值，並非藉由外境的地位高低來判定，而是自身由內而外散發的自在。無關乎貧窮與富有，內在皆感到豐盛滿足，即便兩袖清風，依然可以逍遙。

此類香氣透涼流動，好似可以帶來意識的自由與輕盈。在思緒糾結理不清楚的時候，覺得淤塞不通與煩躁的時候，帶來清明，帶領人們在香氣裡，找尋逍遙的影子。

天然精油具有揮發性，或多或少都有風感，而葉片則特別有這個感受。且因爲種類多，調性的樣貌非常多元，氣味展開後，能形成許多質地的風感香氣。我習慣把常遇見的葉片類精油大致分爲五種：幽靜的風、清冷的風、有想法的風、奇怪的風，以及斜槓的風。

松柏大樹由針葉萃取的精油，香氣有松木與芬多精的淡雅，屬幽靜的風；無尾熊的澳洲尤加利，香氣涼衝銳利，爬升快速，是清冷的涼風；居家萬用精油茶樹，氣味聚焦鮮嫩，很清楚自己的角色定位，歸類在有想法的風；而有一類香氣悶悶有騷味，還有酸感，有動物的氣味，似乎稱不上是傳統想像裡的芬芳，我稱他們奇怪的風；最後，許多氣質像其他類別的香氣，出現在葉片類精油裡，粉粉拋拋以爲是花朵萃取的天竺葵，土土如根部萃取的廣藿香，酸甜以爲是水果萃取的檸檬香桃木——他們是斜槓的風。

拾心每季都會幫精油擦拭瓶身，每到這個時候，對於抽到葉片類精油的夥伴而言，簡直就是抽到「上上籤」，因爲，葉是龐大的家族。

夢見自己是一片葉子，
在五層樓高的那一棵，
昂揚的白千層，乘著風搖擺。
專注聆聽風捎來的消息，
專注理解消息裡的變局，
等待時節輪替。
秋日之時，終將準備離去。
脫離母體的輕盈，再隨風落下。
在灰白色的人行道上，
翻滾，形成蕭瑟的風景。
凡事有起有落，
沒有需要抓緊，只管去體驗。
一年又一年，
春去冬來，冬去春來，
四季更替，理解更替，理解循環。

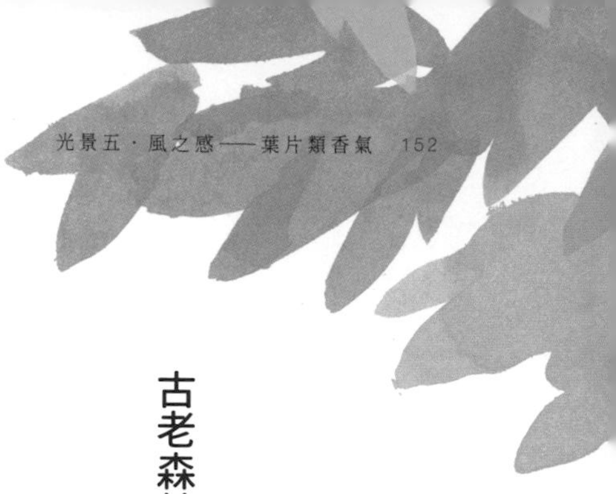

古老森林芬多精

幽靜的輕風

第一類的葉片精油，是松柏科。他們沒有明顯的花朵造型，種籽裸露於外，結毬果，分類爲裸子植物，是一群自冰河時期生存至今的古老樹種。葉片成針狀、線形，或鱗片狀，來防止水分蒸散，可耐寒、耐熱。取其葉片可得芬芳的精油，歸在葉片類。

松柏科樹型大多高大穩健，葉子的香氣卻十分幽靜，是一種輕透悠然的風感。風中有輕微的酸，似輕煙般神聖靜定。芬多精的氣息延展成類木頭的淡雅調性，似有清甜的松木香，獨處與野放感強，彷彿走入古木參天的林，步伐緩慢穩定。

比起檀香純木質系，松柏科的香氣整體輕盈許多。香氣緩緩揚升如仰望一棵大樹，沿著樹幹至頂，疏通往上之後，帶來遠眺的視野與氣度。內在開闊，於是有種了然於心的逍遙。

剛認識松柏科植物時，總是很難想像，這些蒼翠濃綠、葉子扁扁或細細的大樹會有香氣嗎？某一年到北海道旅行，夜宿占冠渡假村，園區內有許多高矮不同的松柏大樹。清晨漫步在小徑裡，想起針葉萃取的香氣，好奇地用指甲輕柔壓一壓葉子，湊近鼻子，想試試可不可行。瞬間，細緻溫柔的酸甜木香緩緩釋出，就像工作台上的聞香紙，驚奇不已。我興奮地像是找到夢裡的老朋友一樣，蹦蹦跳跳。那一年的北海道，滿是松針的氣息，清雅幽靜。

松柏科種類有數百種，精油款式琳瑯滿目，又每每推陳出新，列舉幾種目前我熟悉且常用的香氣。他們調性相似，不過景致與溫度深淺不同，很適合拿來鼻子的練香。

歐洲冷杉是常見的聖誕樹種，歸類冷杉屬。初香酸溜到乾淨清楚，如檸檬般的糖果甜，質地裡有輕柔木質調而顯得穩重些，卻不過於拘謹。五分息之後慢慢寬闊地開展，調子很一致也清明，像在林中緩緩散步著，天還亮，時間剛剛好再走一會兒。末香似有淡淡野薑花，一點蜜感又帶茶香，輕忽柔軟——是一座幽靜的森林。

挪威雲杉又稱歐洲雲杉，歐洲阿爾卑斯山脈或北至挪威、芬蘭等地都可見。氣味有較為陰柔的質地，節奏滑順有曲線，彷彿雲霧經過，似野林中緩緩流過的小瀑布或溪水。

香氣起始點較低，稍厚一些，是有重量的甜，個性似有轉圜的空間。其中微酸似乳香，也似水梨或蘋果切片的酸甜，微微芭樂的青澀。八分息之後突然一陣透涼如龍角散，有越來越空無開闊之感，集中且上揚，清冽透涼且開闊。

道格拉斯冷杉歸類爲松科黃杉屬，生長於北美西海岸的原生樹種，最高的高度紀錄可達一百多公尺，褐色毬果，高聳且挺拔。像是遇見在林中小木屋隱居的老爺爺，留著白色長長鬍鬚，充滿睿智的眼神，一邊燒柴煮水，一邊帶點神祕地講述著人生曾經闖蕩的故事。初香爲飽甜的水果酒般，一點醇厚的甜與果醬香，加上原有的芬多精般的木質香，有些似果酒。節奏渾厚許多，帶來年代久遠的時間感，彷彿進入古老封印的林，林中滿佈藤蔓。

歐洲赤松屬松科松屬，毬果堅硬挺立，形狀立體確實。香氣個性是正在打拚的小伙子，氣味硬朗陽剛許多。初香有一點金屬的銳利或溶劑的發散感，於後轉成濃甜的松木香，八分息之後透涼通開有風。香氣有一種篤定的仰望，蒼勁挺拔，像是穿梭在林間步道的呼吸與步伐，正穩健前行，多了些微微的目標感，有心中悄悄約定的制高點想前往。精油適合用在欲振乏力的時候，給予補給、支持與推進。

瑞士石松又稱奧地利石松，生長於中歐阿爾卑斯山，海拔約一千兩百至兩千三百公尺。同爲松科，氣息卻寬胖很多，有古樸老實之感，像是林子裡出現石頭製的雙人長椅，讓自己可以放鬆一下，喘口氣，歇一會。香氣起點低，初香有胡蘿蔔或生苦瓜的感覺，似塊狀根莖的馬鈴薯氣味，澱粉甜甜帶上一些穀物感，生鮮健康。而後氣息緩緩前進，走走停停，溫吞一些，是老實不計較的好性格。

歐洲山松又稱矮松，原生於一千至兩千公尺高山地帶，不似一般想像的高聳挺拔，矮松較貼近土地。香氣個性較強，木質調重了些，有點藥感，近似柏科的硬朗，如木桶與酒交融流動的香氣，讓我閃過一些酒的想像。也像實際在林子裡遇見一處咖啡色木屋，穩穩落地，扎實下沉。八分息後輕微地飄過奶甜轉換到上揚，像雨後水珠沖刷了整片森林，野外露台上，有從木頭間散發出的清香。

絲柏屬柏科，木材堅硬厚實，常被拿來做爲建材之用。相較松科來說，絲柏的氣味更爲渾厚有勁，森林裡的林木彷彿更爲高大、密集，色澤深褐，木質調性明確卻依然推進，好似走入釀造威士忌的地窖，滿滿排列著深厚的橡木桶。絲柏是我到歐洲時第一個能認得的樹種，直挺挺地站在原野間，非常容易辨識。

絲柏學名的第二個單字 sempervirens 意指永恆長青，歐洲許多著名墓園的出入口引道上，兩旁皆種植著直挺挺的絲柏，提醒著人們思考「永恆」的意義。我在一系列梵谷的畫作裡，也遇見柏樹，樹身團團成漩渦狀的線條往上，搭上有月色的星空、鬱藍的天色，好似奔放燃燒的墨綠色火焰。在占星學裡，絲柏對應的土星之神，也是冥府之神，當人生走到盡頭，打理、盤點一路以來的功過，終究要面對自身生命的回歸與整理。

松柏科的輕質木香調，有山中小木屋的氣味印象。想起小時候家族出遊，常夜宿在老老的木頭屋子裡——那種像龍貓動畫裡，小女生們住的家，有榻榻米通鋪和拉門的日式房子。特別喜歡隔夜清晨，在淡淡的木香裡甦醒，夾雜野地高山清冷的潮濕，有乾燥青草氣息，一點陳舊的時間感。

或許是台灣島上滿佈的森林，或是日本喜愛用木的殖民歷史，影響著我們這一世代對木頭房子的記憶與喜愛。堅毅，安穩，不太大聲嚷嚷，靜謐。

在松柏科的氣息裡，找到輕穩與安心——是這個島嶼上人們熟悉的氣息。

想念山居小木屋的安心與閒適，
用上一點幽靜的風

古老龍貓森林

瑞士石松3滴+甜馬鬱蘭1滴+岩蘭草2滴+
穗甘松1滴（10%）

歐系溫暖壁爐

歐洲冷杉3滴+甜橙2滴

高海拔透心涼

清冷的涼風

涼，從水京聲，薄，氣溫低，透心涼，寒涼，淒涼，荒涼。有些香氣很涼，似是更多清冷疊加，有空氣溫度下降，或水霧飄散的氛圍，彷彿身處高海拔的林。若要認識這個類別的香氣，拿出澳洲尤加利。

⋯⋯

澳洲尤加利是一種可以長到三、四十公尺的高挑大樹，屬桃金孃科。這個科屬的精油很多，熟悉的茶樹與白千層也都是，常用於呼吸保養使用。特別喜歡他們團團叢聚的白花，像洗杯子的白色毛長刷，也像在集結商量著日光的會議。剛上台北的日子很常使用，他們會帶我進入一片高海拔之境，彷彿回到熟悉的林。

澳洲尤加利初香清新透涼，一股勁直衝腦門，發散上揚，而後清冷之感快速散開，形成一片雲霧之森。其中有著淡薄水霧感，似有白濛濛的小水珠，細細的滿佈在空氣裡，更有山林祕境中的空寂與浪漫。

這種質地，總讓我想起太魯閣往天祥文山與西寶的台八線。在花蓮讀書時，常在午後臨時起意，騎著摩托車上山。穿過中橫牌坊，當海拔超過一千公尺，溫度慢慢下降，周遭變得安靜下來。山路蜿蜒往上，霧氣繚繞，人煙稀少。路上低溫的風，遠方山巒的景致乾淨清明，蔓延出山的幽靜，非常愜意。

如果以為澳洲尤加利僅僅只是一陣風，而放下手上這張聞香紙，就太可惜了。三分息之後一轉，風過慢慢蘊出輕輕的甜。本身個性不強，也不著急，緩緩推出，幽幽離開，節奏優雅閒適。末香甜感盡出之後，留下乾燥的草本調，扎扎的，一點苦韻如木桶子。殘香如乾燥的原野。

我曾經創作一個香氣作品，記述關於花蓮的山，用上大量幽靜與清冷的葉片類香氣，想運用香氣帶我回到中橫一二七公里處的碧綠神木，海拔兩千公尺的山區。透心清涼，安適清穩，林中歲月靜好。

同是清冷涼透的香氣，還有藍膠尤加利、白千層、綠花白千層、平鋪白珠……都有冷風之感，只是境遇不同。

藍膠尤加利是透心涼的香氣，夾雜著甜腥與騷味似海鮮，衝刺著進入鼻子，很有速度感，像冬日海港的風，冷峻又粗獷，呼嘯而過。

白千層風小，雖然還是涼，清冷感退到第二幕，像輕輕披在身上的薄紗，風過揚起，在耳根子邊的清透與涼。一點乾果混合奶香味的烘焙，像奶奶拜拜時用到的紅龜粿，想起一種直徑六公分的圓形薄餅乾，或是有發酵味的乳酪乾，尾段像是添加中藥祕方的萬金油，微微藥苦，不過還是涼。這是台灣常見的路樹，停紅綠燈或是步行的時候，不妨轉頭看看身旁大樹，容易找到他的身影，來訪拾心時就可在路上遇見呢！

綠花白千層則是有個性而海派的風，像進入有冷氣的生鮮魚市場，透涼強勁環繞。豐富的海產感，有醃漬物、草菇、松茸的乾貨味，有鮮腥與甜，彷彿是海陸百貨齊備的年貨大街。

平鋪白珠是一個幽默感十足的香氣——著實的撒隆巴斯氣味。透涼至尖銳的辛辣，三級跳躍一下子抵達山頂之顛，海拔突然爬升，雪白覆蓋的清冷孤寂，屬於加碼酷涼等級，把什麼都推送得四通八達，於是有種四肢百骸都得以舒展打開的感覺。常用於跌打損傷以舒緩筋骨，香氣質地與實際芳香分子的功能，一體成形地彰顯出這個植物與人的日常互動。像這樣與生活意象連結非常明確的香氣，反而在想像上容易受到侷限，這時候我會回到基礎的拆解，讓自己縮小躲到一個角落，從香氣的片段重新建構，換個邏輯來歸零開始。

想念花蓮的高山，
用上一點清冷涼透的風

雲霧之森

澳洲尤加利3滴＋挪威雲杉2滴＋瑞士石松1滴

日光森林呼吸舒緩滾珠

澳洲尤加利3滴＋真正薰衣草3滴＋甜杏仁油10ml

清晰聚焦綠色調

有想法的風

常見的茶樹精油也是由葉片萃取的香氣。

茶樹原產於澳洲，多年生常綠喬木，植株可達數公尺，喜愛生長於南威爾斯小河川流域，扎根於沙質土地。傳統的澳洲住民會將其葉片搗碎，使用於傷口等皮膚狀況上。英國人登陸這片土地後，發現原住民會將茶樹泡水飲用，便將這種植物與東方茶葉聯想在一起，故而稱之爲茶樹。事實上，茶樹與台灣平常泡來品飲的高山茶或烏龍茶完全不同，是不同的植物。

延續澳洲的用法，茶樹被推廣至全球的居家使用，成爲普遍又熟悉的芳香植物。常出現在抗菌類的乾洗手等清潔用品中，防蚊噴霧中也會添加，孩子的嗅覺開發課上，總是可以聽到很多小朋友精準地說出「這是防蚊液的味道」。因爲熟悉，容易被大家預設成普通，而錯過他美好的香氣層次，我常因此覺得可惜。茶樹的初香是清新草本調，除涼衝外，香氣印象有黝黑的墨綠色，像是將剛採摘的葉片啪嗒剝開一般鮮嫩爽朗，翠綠的葉子上還有水珠彈跳著，非常新鮮、乾淨、聚焦，有機、生意盎然。

混香上若是遇到團團擁擠的狀況，或是過於沉寂的調子，用上茶樹，如一陣綠色的風拂吹而過，帶來明快的爽朗綠意。加入茉莉裡，可讓花兒擁有綠葉子陪襯；加入木質調裡，則提點了林子的活力與生氣；加入藥草調裡，疏通包覆的氛圍，不過於窒息。

月桂

月桂屬樟科，是另一個有力量的風感香氣，也是太陽神阿波羅的代表植物，象徵勝利者的桂冠，有成功祈願的脈絡。

在台灣超市香料區，很容易買到乾燥可入菜的月桂葉，有草本與菇類氣味，揉碎撒上紅酒燉牛肉，或是攪和入煲湯裡，是提點氣味的好物。

月桂精油的香氣強勁聚焦些，是集中有力道的風。初香的寬度，一路到尾很飽滿，如一條筆直的馬路，穩穩地往前延展。五分息之後非常爽利上揚，並非淸幽的仰望，頗有騰雲駕霧揚長而去之感，很有氣勢。香氣個性較爲陽剛，衝動有勁。

這類聚焦感強烈的葉片精油，個性有主見，適合活化思緒，也能幫助提升表達能力。取一個馬克杯，放一、兩滴香氣，沖入熱水，放在桌上擴香吸聞，便會是很好的辦公室或書房香氣，陪伴閱讀與企劃。好似在思緒裡吹起一陣風，讓一切清明些。好好思考，好好說話。

如果用上月桂，還能爲自己增添了阿波羅神帶來的祝福，祈願順利與馬到成功。同屬樟科的另外兩個植物——羅文莎葉與樟樹，葉片萃取出的精油也是較爲強勁有力量的風感香氣。

樟樹氣味是草本的清新爽利，一如大多的酮類精油，初聞透涼，卻無利刃之感。因爲透著點兒輕柔的木香，透著點兒新鮮的草地，不喧譁，穩健可靠。像是在一棵寬闊綠蔭的大樹下乘涼，涼風剛經過，繁茂的葉子沙沙作響，內在與外在都開闊起來。

羅文莎葉產於馬達加斯加，正確名爲桉油樟。香氣是一片硬朗的風，一口氣的尾巴，越來越涼爽，直到整個鼻腔被爽朗塡滿，彷彿啪嗒掉入水中，或是穿過水簾洞時，水幕落下瞬間的透心涼。一點點海味，氣宇軒昂。

香桃木相傳是維納斯女神的代表植物，常見於婚冠上，代表愛與美好的祈願。果甜香的風，有水果軟糖的蜜感，閃爍著略爲辛感的香氣，似有強勁力道將甜美一股腦兒發散出去，開展出一片豐饒的牧土。召喚愛情的祝福與傳說，是有氣質的華麗。

想念生機盎然的原始，
用上一點有想法的風

新苗播種的水田
茶樹3滴＋岩蘭草2滴＋萊姆1滴

勝利祈願芳香噴霧
月桂1滴＋酒精5ml

乾燥空氣騷感

奇怪的風

怪，異也，與尋常不同。我們常拿奇怪來描述一種……暫時無法理解，但也還沒有定論的事情。因爲稍微脫離常理的古怪，引發著神祕感與差異空間，也引發想像力，反倒讓很多天馬行空累積成爲現實，推動另一種突破框架的進化。

有幾支特別的葉片類香氣，不是平時習慣的氣味，不太歸類成香，甚至有些古怪。悶騷或停滯，酸酸的不太明朗，帶點苦，像五分珠或是普拿疼的西藥氣味（一般我會盡量使用自然物來描述香氣，這是個人的習慣與喜好。但如果是可以提供作爲嗅覺共識的感受，會稍微運用）。卽使氣味並不太討喜，然而，我們好像很難忽略世界上任何一種存在，包含不喜歡的——一個眞實世界的樣子，喜歡與不喜歡都有，會更完整。

貞節樹是第一個想介紹的怪風，別名西洋杜荊子，屬馬鞭草科，落葉小灌木，可長至五公尺高。初香是莓果氣味，帶一點酸酸發酵的氣息，不太明朗，像是老家放很久的木櫃子，曾經潮濕後似要發霉的氣味。但如果再多停留一下，會有古樸陳舊的氛圍，其中帶著幽微甜感的質地，是棕綠色球狀老茶葉的感覺，讓我慢慢想起普洱茶。走到了殘香，霉味發酵已然消散，餘下清甜如芭樂果乾——是的，這是搞怪的風。

卡奴卡又稱白茶樹，與茶樹同爲桃金孃科，效能有過之而無不及。名字特別，香氣也特別。初香輕但是酸悶悶的，有漢方中藥裡的苦味，似記憶中的黃連。苦騷氣味之中，一點清甜草腥味的酸，像用祖傳古法釀製的蜜餞。底蘊的節奏有安定的信心感，像是老中醫開出來的一帖藥方，有信心藥到病除。

松紅梅別稱馬奴卡或麥盧卡，如果在網路搜尋，會輕易發現這個植物就是著名養生食品麥盧卡蜂蜜的蜜汁來源，精油則常用於皮膚與呼吸保養。其香氣悶騷古怪，像醃漬的筍乾，一點點尖酸刻薄的苦，帶有藥感像添加乙醯胺酚（Acetaminophen）的伏冒熱飲，混合有汗酸與一點動物散發的費洛蒙氣味。也因此，松紅梅擅長調和出類似人體身上皮膚與汗的氣味。只要適當運用，這種獨一無二的特質，能帶給嗅覺神祕的奇幻感。

想念老茶鋪子的愜意，
用上一點搞怪的風

老茶之香

佛手柑3滴＋貞節樹1滴＋玫瑰草1滴＋維吉尼亞雪松1滴

小婦人芳香照護油

貞節樹2滴＋快樂鼠尾草1滴＋黑胡椒1滴＋基礎油5ml

跨領域創作

斜槓的風

神在創造葉子的時候，可能有許多意外。

打開自然的原則，總有些特例或搞怪，我常覺得老天爺一定是頑皮的孩子，在創造的規則裡，打破規則，因此處處有別樣的新意，有突破框架的驚喜，有繽紛豐盛的本質。

葉片類萃取的精油裡，有些神似其他類別的香氣調性，但在氣味區段裡，仍保有本質的風感，香氣跨領域展現出獨特的樣子，兩方面都做得有聲有色，我記錄爲斜槓的風。這些香氣品析很精彩，兩個不同調性的複合體，增添變化的層次，欣賞到兩種以上的質地穿插交疊，混香上也極爲有趣。

類果香的風

凡是精油名稱帶有「檸檬」二字的植物，常代表植物香氣帶有以酸爲主的檸檬調，常見的有檸檬香桃木、檸檬尤加利、檸檬馬鞭草等等，其他有相似水果感的是香蜂草、史泰格尤加利等，香氣開場似果香般酸甜可愛，卻多了份量，持久度高，同時夾雜些香茅的野放，活力飽滿清新，帶綠色調，像台東整片青綠的伯朗大道，或碧綠如茵的草地。

類花香的風

玫瑰天竺葵類花香調，常添加於沐浴乳、護手霜、洗髮精等，用來營造玫瑰感的想像。初香神似玫瑰，卻收掉尾韻的酸澀發酵，形成滑順流過的風感。有熱帶水果的荔枝香氣，埋了些綠色調，有輕柔粉嫩的幸福感，很受歡迎。

岩玫瑰與紫羅蘭氣味更爲強烈。我非常喜歡岩玫瑰，很有古老宮廷風或是磚紅色福建宗祠感，與茉莉或苦橙葉混香，形成四〇年代旗袍式復古的風華。

類香料感的風

這一類的風，精油裡的芳香分子主要以火辣辣的酚類爲主，是火元素的辛感，例如野馬鬱蘭、丁香葉、香葉多香果等。

野馬鬱蘭氣味如秋芒搖曳的草原，乾燥與蕭瑟，帶出不飽和的淺麥色。

丁香則是熟悉的牙醫診所氣味，很難想像這是一個經典的香料。應用於芳香療法的大多是丁香花苞，芳香分子較爲完整繁複，近年則有丁香葉的精油，氣味較爲簡單且乾淨，提點於末香的風，讓辛感具流動性，因此在混香上很好使用，運用一些點綴空間，似有閃閃發亮或華麗的水晶燈飾，非常建議嘗試看看。相似氣味調性的香葉多香果，似輕薄些的丁香，也在這個牙醫氣味的行列裡。

類根部調的風

廣藿香是這一類香氣的代表，常應用於調製中性淡香水或古龍水。這個植物矮小怕曬，需要在大樹旁或有蔭涼之處，方可好好生長。毛毛卵形葉片裡的香氣分子，竟呈現出深深咖啡色土壤的質感。初香如塵土帶苦味，有藥感，如泥土般的大地氣息，黃土色的土地龜裂蔓延；末香仍有風感，相較於實際以根部萃取的精油，如岩蘭草，廣藿香的氣味輕盈一些，像是正破風前行爲事業打拚的青年，踏實且帶著衝勁。

苦橙葉完全是以苦展開的香氣，卻廣受許多人喜愛。苦感濃烈飽滿，而後卻蘊有酸甜回甘，帶點菸草氣味，似逾時未出湯的茶苦，卻意外得到古韻橙皮苦香。節奏穩定寬合，經過歷練與耕耘後，苦裡泛甜，有對人生捨與得的嘆息，是大人的氣味。

想念跳脫框架的創意，
用上一點斜槓的風

青草綠色伯朗大道

迷迭香1滴＋檸檬香桃木2滴＋葡萄柚1滴

閩式老宗祠

岩玫瑰2滴（10％）＋道格拉斯冷杉1滴＋
苦橙葉3滴（10％）＋杜松漿果1滴

東方復古旗袍風

岩玫瑰2滴（10％）＋苦橙葉3滴（10％）＋茉莉2滴

＊茉莉可依喜好選擇大花茉莉或阿拉伯茉莉。

葉片類香氣迷你分類

幽靜的輕風	古老森林芬多精	歐洲冷杉・挪威雲杉・歐洲赤松 道格拉斯冷杉・瑞士石松 歐洲山松・絲柏
清冷的涼風	高海拔透心涼	澳洲尤加利・藍膠尤加利 白千層・綠花白千層・平鋪白珠
有想法的風	清晰聚焦綠色調	茶樹・月桂・樟樹 羅文莎葉・香桃木
奇怪的風	乾燥空氣騷感	貞節樹・卡奴卡・松紅梅
斜槓的風	類果香	檸檬香桃木・史泰格尤加利 檸檬尤加利・檸檬馬鞭草 香蜂草
	類花香	玫瑰天竺葵・岩玫瑰・紫羅蘭
	類香料	野馬鬱蘭・香葉多香果 丁香葉
	類根部	廣藿香・苦橙葉

單品香氣速寫摘要

・植物名下方分別是英文名／拉丁學名／產地

歐洲冷杉
Silver Fir / Abies alba / Russia
安定的森林，芬多精，輕甜，清幽，獨處感，健行步道或有濕氣的森林，了然於心

挪威雲杉
Norway Spruce / Picea abies / Austria
有小溪水流的森林，青蘋果，行雲流水，愜意，清幽，清冽，透涼開闊

道格拉斯冷杉
Douglas Fir / Pseudotsuga menziesii / France
古老的森林，醇厚甜香，一點迷醉感，酒釀，時間感，深山祕境感

歐洲赤松
Scotch Pine / Pinus sylvestris / Austria
挺拔的森林，金屬冷調，微鐵鏽味，清幽上揚，木香甜，芬多精流動風感、空間感

瑞士石松
Swiss Pine / Pinus cembra / Switzerland
古樸的森林，木香甜，老實，沉穩，寬寬胖胖，塊狀根莖蔬果，似苦瓜或胡蘿蔔

歐洲山松
Mountain Pine / Pinus mugo / Switzerland
硬朗的森林，木香甜，穩定，輪廓明確，雨林感，衣櫃，烈酒

絲柏

Cypress / Cupressus sempervirens / France

渾厚健朗的林，咖啡色樹木叢聚的森林，深山感，陳舊木桶香，神社感，一點胡椒味

澳洲尤加利

Eucalyptus Radiata /Eucalyptus radiata / Australia

高海拔的森林，清新甜涼，輕薄通透，水霧，深邃祕境，有青苔的小木屋，寧靜

藍膠尤加利

Blue Gum Eucalyptus / Eucalyptus globulus / Spain

海港的風，透心涼，速度感，清新，涼衝，鮮味，微微騷味

白千層

Cajeput / Melaleuca leucadendra / Indonesia

風感香氣，清冷，淡淡發酵乳酪乾，中藥祕方萬金油

綠花白千層

Niaouli / Melaleuca viridiflora / Madagascar

海鮮市場，透涼強勁，海味，鮮味，乾香菇，年貨大街

平鋪白珠

Wintergreen / Gaultheria procumbens / China

撒隆巴斯貼布甜，肌肉酸痛藥膏，酷涼到有些辛辣，尖銳，雪白的山頂之顛

茶樹

Tea Tree / Melaleuca alternifolia / Australia

青翠草本綠葉子，清晨茶園，金屬冷調，銀灰色，新鮮，一點菸草類木香，野放

月桂葉
Bay / Laurus nobilis / France
聚焦有力道的風感，似寬敞穩定的道路，做自己，有目標，阿波羅神的勝利加冕祈願

樟樹
Camphor / Cinnamomum camphora / China
清新爽利的涼感草本，開闊，速度感，木香甜，樟腦油，視野穩定卻開闊

羅文莎葉
Ravintsara / Cinnamomum camphora / Madagascar　*本名桉油樟
硬朗的風，輕木香甜，似都會裡大樹成群的公園或森林，一點點海味

香桃木
Myrtle / Myrtus communis / Morocco
糖果甜香的風，蜜感，蠟筆，有氣質的華麗，維納斯女神關於愛的祈願

貞節樹
Vitex / Vitex agnus castus / Bosnia and Herzegovina
菸草和果乾甜酸，陳舊古樸，老老的茶，一點點芭樂果乾實感，南方的海，草苦

卡奴卡
Kanuka / Kunzea ericoides / New Zealand　*別名白茶樹
草腥味的酸，藥感，古法醃製的蜜餞或梅子，酸悶悶中一點清甜

松紅梅
Manuka / Leptospermum scoparium / New Zealand
悶騷古怪，像醃漬的筍乾，很有想法，一點點尖酸刻薄的苦，藥感，汗酸

檸檬香桃木
Lemon Myrtle / Backhousia citriodora / Australia
檸檬糖，檸檬愛玉，飽滿檸檬果香，有活力的草原，蔥甜香，維他命C發泡錠

檸檬尤加利
Lemon-scented Eucalyptus / Corymbia citriodora / Vietnam
野放歡樂香茅調，檸檬感多，樂天開闊，野營踏實感，晴朗明亮，動力強

檸檬馬鞭草
Lemon Verbena / Aloysia citriodora / Marocco
蜜感甜美果香，清新溫柔草甜香，雅緻內斂，低調品味，甜酸梅，蜂蜜愛玉，綠豆湯

香蜂草
Melissa / Melissa officinalis / Germany
檸檬紅茶，柑橘果甜，豐年果糖，果酸，水潤飽和

史泰格尤加利
Eucalyptus Staigeriana / Eucalyptus staigeriana / Brazil
圓潤輕飽果香感，野餐散步的草原，小販熱鬧，一點香茅調似甜薑糖，萊姆味，豁達

玫瑰天竺葵
Rose Geranium / Pelargonium graveolens / Egypt
甜甜荔枝果園，果甜，柔粉似玫瑰，水果茶搖搖杯，溫暖，可愛，幸福，愉悅

岩玫瑰
Cistus / Cistus ladanifer / France
醇厚酒香，濃烈香甜，深咖啡色，磚紅色，復古華麗的大觀園

紫羅蘭
Violet / Viola odorata / France
奶甜香，有花香調的溫順內斂與優雅，一點草味或菜味，務實落地些

野馬鬱蘭
Oregano / Origanum vulgare / Spain
似乾燥藥草，草皮短短刺刺扎扎，秋收，果乾，馬廄，木頭的糧草倉庫

丁香葉
Clove Leaf / Syzygium aromaticum / Indonesia
辛感，相較丁香花苞氣味乾淨單純，牙醫

香葉多香果
Bay St. Thomas / Pimenta racemosa / India
辛感，似輕薄些的丁香，聖誕節的香料紅酒，牙醫氣味

廣藿香
Patchouli / Pogostemon cablin / Indonesia
中藥感回甘，塵土味，乾燥泥巴，療效很好的藥布，微苦後涼，沉著穩定，耕耘前行

苦橙葉
Petitgrain / Citrus aurantium / Paraguay
吃苦耕耘後揚升轉酸甜回甘，大人的氣味，眞實人生，茶葉苦、橙皮香，陪伴，穩定

光景六　神聖之感——樹脂類香氣

去尋找幽靜的煙啊，穿越古今，出世入世，
揚升落定，在可見與不可見之間，祈願。

由空無而起，走向空無——
樹脂是植物自我修復的神祕之物，
初流出為液體，之後慢慢固化凝結，
些許紅褐麥色，半透明或乳白，質地堅硬如礦石。
將其入香焚燒與神靈溝通，入藥治療調理肉身的疾病，
自千古以來，療癒著人們的肉體與心靈，
陪伴靈魂在大千世界裡修煉的旅程。
香氣有清幽靜定與蜜糖厚甜兩種迥異的質地：
幽靜者輕如翎羽，隨氣息起落，沉靜悠遠，
用於冥想與沉思時安住身心；
甜蜜者如糖霜果醬，
像是瑪瑙琉璃的浮華掠影，虛空奇幻。
當煩躁需要安定，沮喪需要力量的時候，
依著香氣，擁抱信念與洞見前行。
樹脂類香氣，使我安靜下來，去思索內在的聲音。

樹脂

素肉族，植物之液，半固狀

說植物

脂，從肉部旨聲，原指來自動物的油脂，隨溫度降低而變成固態或半固態凝結的質地。有些植物受外力切傷或組織被破壞感染時，也會有類似的分泌物質，傷口附近的組織分泌流出汁液，再慢慢凝結成固體，以修復傷口或包覆眞菌小蟲來保護自己，稱爲樹脂。

小時候有一部印象深刻的恐龍電影《侏羅紀公園》，影片中有一隻留有恐龍基因的蚊子，因爲被包覆在琥珀中，把數百萬年前叮咬物種的血液保留下來——琥珀也是一種樹脂，由松柏科所分泌。

樹脂是一種神祕的存在，似乎不在常態眼睛所見的形體與規律裡。我理解著一株植物向下扎地的根，年年累積逐漸固實的木，片片的葉，綻放的花，果實、種籽……循規蹈矩的進程裡，有先後合理的因果時序，串串相接。但樹脂不是，原本似乎並不存在，是植物有先見之明地預備著，預知未來某一天可能會需要，像是預警系統。

當植物受傷的時候，傷口分泌液體，好似幫自己敷上藥，進行修復。在我看來，這是一種頗爲獨立堅強的樣貌。小時候剛學走路時，稍微跌倒撞到就會放聲大哭，來呼喊外援。長大之後，慢慢學會痛的時候能夠自己面對並處理傷口，好像開始有一些力量去克服當下的苦痛。如果遍體鱗傷的時候，還願意起身，似乎是願意相信遠方等待著自己的夢。總是覺得，樹脂飽含著植物生存的信念感，自己包紮好傷口，站起來繼續昂揚。

我曾在南印喀拉拉省農業大學裡，仰望一株光禿禿的墨西哥沉香子樹，以指甲微微掐一下略爲粗糙的樹枝，樹皮會滲出透明的香脂液體，手指沾染新鮮輕盈的氣息，如芳樟般芬芳、溫潤。遙想當初老祖先發現樹脂類香氣時，應該非常驚奇。

在北歐神話裡，描述精靈住在樹裡，樹皮如皮膚，樹脂是植物流出的血液，珍貴且神聖。樹脂裡芬芳的香氣，則是形體衰敗、消失後，殘留下來的精華之物，彷彿植物的靈魂。透過焚燒樹脂塊，藉由裊裊上升帶著香氣的輕煙，人類的請願直上天聽，又或者藉此迎神靈降凡。樹脂的輕煙架起有形與無形之間的溝通橋樑，成爲通眞達靈的媒介。

相傳在古埃及時代，人們晨起燃燒乳香，午後燃燒沒藥。在神聖的祭典上，高等祭司以焚香器承載多種芬芳藥草與樹脂混合而成的香料，交予法老王與神祇溝通，使其有統治人間的權力。哈特謝普蘇特女王的冥殿內，也有雙手沾上樹脂供奉神像的壁畫。樹脂也進一步被運用於木乃伊的保存、醫藥喪葬、淨身去味、預防疾病，同時象徵著皇室的尊貴。

在東方佛教經典儀軌中，會將樹脂磨成粉，混合其他芬芳植物的粉末，製作成線香或盤香，可直接焚燒，用以禮敬神佛或清淨身心。輕煙繚繞構築了幽靜的時空，身處當下，也讓心虔誠、靜定與安住。安息香有求水降龍的典故，蘇合香則可淨護肉身，以焚香敬佛者，道德無爲，誠發於心，心定神全，靈寶慧至，是古今宗教上的紀錄。

樹脂使用於醫療則見於中醫典籍，《新修本草》裡記載安息香味辛，香、平、無毒，常使用於呼吸相關症狀，或作防腐之用；南北朝時代的《名醫別錄》則記載蘇合香可去三蟲，除邪，令人無夢魘，久服通神明，輕身長年。又相傳宋眞宗以蘇合香酒賜予朝臣，冀求起補身之效用……

我拼湊著這些散落在各處的香氣小故事，埋首於古今世界裡，沉浸了一下午，試著理解樹脂與人的微妙關係。

說香氣

樹脂具芬芳氣味的植物是很特別的一群，近代人們透過萃取技術保留其香氣，因而有樹脂類精油出現。這一類的精油不多，屬於尊貴小巧的家族，平時常見者不超過十種，香氣大致分成兩個類別，形成兩種極致的展現——極致的清幽與極致的香甜。

第一類樹脂精油，香氣是清幽的煙感，如空氣般的穿透與輕盈，是常見於古埃及或《聖經》中的神聖香氣。香氣節奏悠悠輕柔前進，微微往上揚，緩緩繚繞、駐足，再漸漸微弱、幽靜至消散。飄忽、細緻，彷彿仍有軌跡可循，如輕煙一般，殘香留下些微苦或草土的質地。

清幽的樹脂香呈現無以名狀的流動感，是意識層面的集中揚升，有宗教的神聖感，也有冥想定心的歷史脈絡。香氣有獨處與堅持的個性，似有一股寧靜又巨大的力量，屬於信念與祈願的質地，大多帶出幽定有信仰的空間想像。

想起幾年前柬埔寨吳哥窟的旅行，許多古廟中都有一種特殊的結構配置，是四個方位延展出的無數個門，層層疊疊。我站在四方之中，發現不管轉至哪個方位似乎都是一樣的，分不清楚東南西北，分不清楚從何而來，從何而去。過去，未來，與當下，似乎折疊又重組。有那麼一剎那，我閃神迷惘，感覺其他次元的空間應該在這裡有了交會的裂口……如果要調製一個塔普倫寺的香氣，勢必要使用樹脂香氣吧！我心裡默默記下。

第二類樹脂精油的香氣是浮誇、厚甜的糖，氣息醇厚綿長，細滑濃香，很有辨識度。甜感的存在如蜜釀糖果般黏膩，大概是一杯全糖的飲料，有實際落地的安定，常見於東方佛教經典，也是後宮嬪妃們合香時常使用的香料。香氣節奏緩和踏實，飽滿地推出一間售有奶油甜點的精緻糕餅店，似有波士頓派、檸檬塔的糖霜、冰淇淋……彷彿是一場各式奶乳製品的翻糖蛋糕大賽，每一口入息都是滿滿實在的甜。

雖是小巧可愛的甜點出場，但是香氣走向始終如木質調般穩定，不飄忽、不閃爍，不論自己的呼吸是長是短，就維持著一股等量的強度與寬度。好似吹長號時，平穩綿長的一個音色，圓潤飽滿卻細緻地直至收尾。即便氣息結束，或是聞香紙已拿開，仍然感覺得到奶油甜香殘留鼻腔的尾韻依然飽和。雖然不是幽靜的質地，卻仍然是宗教焚香祭祀的重要香氣。

由於濃甜的精油香氣強度夠，渲染力強，持久度也好，適合作爲推襯甜感的定香底調。我平時不太嗜甜，不常出入甜點小鋪。花了許多時間在記憶裡找尋適合的物件或場景，左思右想，在記憶裡遊走——想與香氣的表情互動，好好去體驗各種生活，累積不同質感的可用氣味素材，似乎是重要的。

樹脂類香氣有些精油的組成分子較大，質地很黏稠，使用上令人又愛又恨。有時急著要調一個香氣作品，打開樹脂類精油瓶，卻常常只見硬梆梆的結晶固體，有的甚至連瓶蓋都打不開。這個時候，需要隔水加熱來協助精油變軟，才有辦法取用瓶中的香氣，這或許也可視爲是一種拉緩時間節奏的儀式。

祖先與前人常使用樹脂來調養、照顧皮膚與呼吸，現在的我們有精油可使用，很適合調成芳香面油或是安神滾珠，讓動盪的心思穩定下來。

夢見自己化作一縷輕煙，繚繞於空氣之中，
形體明明滅滅，虛實交錯，
忽而如大鵬展翅羽翼欲高飛，
忽而扭曲如斜樓欲倒，
大道之初，萬物由心，缺角或是圓融，都是般若。
前前後後的飄渺，依存，折疊成時間的樣子，
一段長遠的道路，幽幽彎彎地往上，
滄海桑田中，
幾度徘徊於肉體與意識的執著，
在萬籟俱寂的星夜裡，在消散之中，想要窺得永恆——
貓頭鷹嗚嗚地低鳴，於是我甦醒，
煙已消散，茶已涼，
歲月靜好，便是清歡。

幽靜繚繞似煙

清幽型樹脂

乳香，是經典的神聖香氣，清幽安定如煙。

「《聖經》中記載，耶穌基督誕生之時，來自東方的三位智者，帶來三份禮物，分別是黃金、乳香、沒藥。黃金代表君王的尊貴與加冕，乳香代表獻祭的靈魂與神聖性，沒藥代表戰勝死亡的救贖。」這是我認識乳香的開始，在一堂神祕的芳療課程，哲學系出身、博學見廣的老師介紹著。

這是一個古老、有故事的香氣，出現在《聖經》經典的畫面中，在古埃及諸多重要的祭祀現場，在木乃伊的製作過程，或在金字塔出土的藥罐子裡……初始就充滿神祕的歷史感。乳香樹生長於荒野山脊，以硬朗的角度矗立在土地上。人們對於乳香的使用頻繁、熱切，從產地阿曼出發，通過阿拉伯半島，穿過大半個沙漠——歷經漫漫長路，這一條將乳香輸送出去的貿易途徑，便是有名的乳香之路，是一條古老又偉大的商業之路。

年輕時，是不懂乳香的。

我拿著聞香紙，一邊感受氣息，一邊想記住他的神聖與歷史。這一天我一無所獲，只覺氣味好輕、好淡，一切太過安靜、沒有個性，酸酸的，與宗教裡至高無上的尊貴感連接不上⋯⋯當時對氣味的涉獵少，對人文也沒耐心，會以心中簡單的規矩作衡量，天眞地以爲那就是整個世界的樣貌。加上太過執著於以頭腦的理性分析介入感官的覺受，如此一來，想要走到享受的境地，也是緣木求魚了。

幾年之後，隨著年歲增長，經歷了一些追求夢想的拚命與受傷，輾轉北上歸零，震盪著前進，再一路慢慢回穩至現在，這過程中，不知從什麼時候開始，乳香成爲我隨身包包裡必須帶上的那支香氣。或許是一些眞實人生的練習，可以欣賞的角度與細節多了些，喜愛的氣息也慢慢多了寧靜與安穩——甚至在紛亂裡，渴望寧靜與安穩。

乳香精油的氣息極度安靜，空靈輕盈，騰雲駕霧般地輕巧，貌似溫順卻很有想法。初香由清甜飄忽的酸感入息，似葡萄柚或檸檬前段果香的酸，卻不跳躍，酸裡有淡雅的甜。節奏輕柔緩慢，微微揚升，似緩緩繚繞的煙。輕盈，但不像風一般完全沒有重量，像是仍有些重量的物件，安靜小小聲地穿過空間，開展出輕靈的安穩。

漸進到似木質調的香氣，有一點淡淡奶油香，像是戴黑框眼鏡的徐志摩，正在思考閱讀，散發內斂的書生氣息。尾段冷靜，有些氧化物類精油通透的特質，越走越穿透的安定寧靜，獨處感多了一些，好似荒煙蔓草的廢墟裡，初開一朵小花。氛圍極爲空靈與幽靜，像西方常見於修道院或教堂的哥德式建築，建材質樸，外在工整，呈現高聳上揚的削尖造型，內部空間則化整歸零，象徵靈魂脫塵並得以回歸。

想多認識乳香的二三事，我很推薦美國國家地理頻道拍攝的《乳香之路》紀錄片，跟著影片走一趟阿拉伯的貿易旅行，能夠對乳香有更深刻的理解。當我們坐在舒適的都會角落，嗅聞著一滴芬芳，明白這些都是得來不易的珍貴禮物，來自大地的賜予。

近年許多的田野調查顯示，由於人們對於乳香精油有著熱烈的需求，爲了採集足夠的樹脂，乳香樹被濫割、濫採。一棵樹上被割出了三、四個刀痕，舊傷還未痊癒又有新傷，畫面令人看了心情沉重。其實不只乳香，每一種精油都應該被珍惜使用，都值得被好好認識，人類應以適合的方式與之互動——拾心近幾年不斷想推廣這樣的理念，我們應該珍惜與植物的遇見，珍惜他們的出現——樹脂不知怎地，竟帶領著我開始思考這些深層的哲理，在香氣之外……

沒藥樹脂也是東方三哲送給耶穌的禮物之一，與乳香同屬橄欖科的植物，屬小型灌木，大多長在遠離現代文明的崎嶇之地，或是乾旱貧瘠的荒漠，或是險惡的懸崖峭壁之上，獨自孤立昂揚。樹幹粗壯，枝節繁多，扭曲的枝枒上佈滿硬刺如荊棘，樹脂呈現較深的紅褐色。

相傳沒藥有再生與淨化的能量，古埃及在製作木乃伊時，會加入沒藥來保存靈魂與心智的永生；戰士們攜帶沒藥，處理傷口；希臘與雅典的人們，使用沒藥來滲透靈魂以保青春。

沒藥的香氣初聞有中藥的苦與煙硝味，底蘊有微微的溫暖香料感托住，使得苦味有點悶灼感，同時略帶沙啞，似藥酒，其中仍有烏梅的甜。我在本子上記下兩種氣味想像：一者似砂礫石頭，有歷練之意，讓我想起海軍陸戰隊的天堂路，苦味不厚重、不強勢，卻很明確、扎實，不是大聲嚷嚷的苦，而是內心的苦楚，似有爲了什麼信念而堅持著的苦，相較乳香的清幽抽離，沒藥更多的是扎實入世的修煉與行走；另一者則似肉豆蔻，是中東沙漠裡的神祕印象，若將沒藥與濃郁冶豔的花香混合，眼前彷彿出現尼羅河流域風情萬種的埃及豔后——精神與肉體，或許本無分別。

幾個小時後，末香殘存，乾燥風啞，是輕透、形而上的苦，沒有著根，屬於意識層面的苦楚。像日暮時刻不飽和色系的蘆葦或芒草，或咖啡色黃土上粗糙的沙礫，似是回到植物本來生長的地方。

數個月前，我心血來潮想調一瓶夜晚的面油配方，想起一瓶擱置許久的沒藥，費盡力氣卻怎麼也開不了，非常懊惱。沒藥的精油非常黏稠，平常處於半固體狀態，常需要透過隔水加溫使之變軟，成爲稍有流動感的液體後，才有辦法取用。但是如果放置的時間太久，瓶蓋被固化的精油凝結，也有可能再怎麼努力也打不開了。

・・・

欖香脂與乳香、沒藥一樣同屬橄欖科植物，生長在菲律賓，於是多了一些東南亞熱情的風土，較爲活潑，也更入世。農民取其米色的樹脂結晶進行水蒸氣蒸餾，因其萃油率較高，精油市售價格較爲便宜。

欖香脂初香清新明亮似柚子的新鮮果香，甜潤帶酸。漸層進入木香辛辣感，有胡椒香氣，似菸草般有橡木桶或木棧道的酒釀香，微微似威士忌的氣息。氛圍溫熱鼓譟，其中卻仍有幽定與祈願揚升的煙感，像是人潮眾多、香火鼎盛的寺廟，多了一分雅緻的熱鬧風味，卻不似香料型香氣的喧鬧。末香，香脂溫暖的氣味很充足，明亮到近似清潔劑的氣味，像雨後陽光出來的時候。

・・・

白松香屬繖形科，黃花開時成團如繡球。氣味層次有細節且繁複，初香淡淡似當歸中藥感，有甘草的藥甜。其中帶有微微琴酒的木質香調，又有薰衣草溫暖的醇香，微微發散，像剛切開松木散發出的新鮮氣息——野放於幽林之中，安穩舒心。

幽靜之意，
太初的沉思與洞見

古道荒煙蔓草

欖香脂2滴＋沒藥5滴（10％）＋鼠尾草1滴＋岩蘭草1滴

寧靜致遠芳香滾珠

絲柏1滴＋乳香4滴＋穗甘松1滴（10％）＋基礎油5ml

甜甜厚實香草糖

厚甜型樹脂

安息香是數公尺高的大樹，相傳由古名安息的中亞地區傳入中國，主產地為東南亞地區，如爪哇半島、泰國、蘇門答臘、越南等區域。白色小花開時垂墜懸掛在樹上，如鈴鐺，又稱銀鈴花或野茉莉。樹木成長數年後，切割樹皮採香脂，汁液初為白色，久放凝固為紅褐色固體，是古代東方使用於宗教與醫藥上的一種天然樹脂。

安息香在佛教經典中又稱為拙具羅香或安悉香，記載其為波羅樹脂，代表樹木花草的最上精華，為辟邪之香。多用於供佛、禪坐、靜修、持齋戒、入淨室等。在《酉陽雜俎．廣動植本篇》這本古書中記載：「安息香樹出波國，波斯呼為闢邪樹，長三丈、葉有四角、二月開花。刻其樹皮，其膠如飴，名安息香。取燒之，通神明，辟衆惡。」

取其樹脂經由溶劑萃取可得芬芳濃郁的精油，精油呈現黏稠的琥珀色，香氣是有份量的奶油甜，底蘊極度厚實，些微黏滯似糖漿，有太妃糖或奶梅的想像，像一杯醇厚甜膩化不開的奶茶，是有想法的篤定存在。有時察覺到一閃而逝的苦，常被品香者說是有藥水的想像。也有微微清亮的綠色調似茶，不過整體還是集中的甜，似檸檬塔上的霧白色糖霜，咬下去還清脆有厚度的那種。等待外層的糖衣慢慢融化褪去，慢慢消逝的甜裡面，有空間感出現，就正適合享受香脂烘托在尾韻的溫暖安定，嬌媚溫柔卻有知性的力道。

・・・

吐魯香脂又稱桑斯托桃花心木、紅檀木、香脂豆樹，可以長成二十公尺以上的大樹，木材呈現紅褐色。黏稠結晶狀的精油呈深褐栗子色澤，香氣無比美妙，有太陽與香草的氣味，也有藍莓派的印象。氣味平衡感很好，有咖啡色焦糖氣味的烘焙感，像是焦糖布蕾，也是屬於有厚度的甜，到幾近甜膩的時候，輕輕滑開，末香有些許果實水潤與顆粒的感覺，像有放入椰果或蘋果丁果醬的蛋糕派。

我想起在瑞士南方洛桑的旅行，在湖岸邊的丘陵上，遇見一望無際的葡萄園梯田，整排深紫色葡萄串串飽滿。期待他們釀成酒，酒香溫暖醇厚，飽含太陽的氣味。吐魯香脂的尾韻有一點點黑松沙士的微微藥感，很幽微的後方，也似有木香，最後甜美明亮。有一回去洛磯山脈參觀冰酒的莊園，飲用了非常甜的酒，酒後推開實木大門的莊園，門外天空春光明媚，好溫暖，也好似吐魯香脂的氣味進程。

蘇合香又稱楓香脂，屬金縷梅科，落葉喬木，樹高可至二十公尺以上。葉片多有分裂，三裂或五裂，形成美麗對稱的多角形狀。香氣的進程華美，似一幅色彩飽和的油畫。開場是強勢濃郁的香甜，像繁複細膩的奶油擠花，其中有收束感，似調色盤上乾掉水彩的顏料氣味，或像新開的油漆。楓香脂的奶甜有一點流動感，似牛奶重磅加碼的手工冰淇淋。接續不間斷的濃密的甜，如冬天溫暖和煦的太陽，節奏厚緩，彷彿拿出去曬太陽的被子，有著毛茸茸的蓬鬆厚實，同時小園子裡百花齊放……末香安穩且優雅，似一朵木質甜美的花。

甜美之意，
品嘗世間的溫暖與繁華

日光葡萄園酒莊

吐魯香脂5滴（10%）＋杜松漿果2滴＋玫瑰天竺葵1滴

放鬆心神小花園芳香滾珠

安息香1滴＋蘇合香1滴（50%）＋橙花5滴（10%）＋甜杏仁油5ml

樹脂類香氣迷你分類

清幽型樹脂	幽靜繚繞似煙	乳香·沒藥·欖香脂 白松香
厚甜型樹脂	甜甜厚實香草糖	安息香·吐魯香脂·蘇合香

單品香氣速寫摘要

・植物名下方分別是英文名／拉丁學名／產地

乳香
Frankincense / *Boswellia sacra* / Somalia
清幽的酸與甜，緩緩揚升如煙，冥想靜定，空靈內斂

沒藥
Myrrh / *Commiphora myrrha* / Somalia
幽靜苦調，藥酒，沙土礫石的歷史感，中東沙漠行走，吃苦有信念的前進

欖香脂
Elemi / *Canarium luzonicum* / Philippines
輕透的胡椒辛香，橡木桶，菸草木香，果酸甜，微微溫暖香料

白松香
Galbanum / *Ferula galbaniflua* / India
輕中藥感，甘草香，幽幽的清甜，輕柔的木香，下過雨的森林步道

安息香
Siam Benzoin / *Styrax tonkinensis* / Thailand
奶香梅子，仙楂梅香，溫暖糖果甜，奶油類糕點，檸檬塔上的糖霜

吐魯香脂
Tolu Balsam / *Myroxylon balsamum* / Indonesia
香草藍莓派，焦糖布丁，楓糖漿，一點沙土感，各式有水果的派或塔

蘇合香

Styrax / Liquidambar orientalis / Turkey

北海道鮮奶冰淇淋，顏料味，厚暖奶甜，花朵溫暖齊放

光景七　穩健之感——木質類香氣

去找穩健的大樹，厚實硬挺，寬健運行，以不變之內定，應四時萬變之外形，方得昂揚遠眺。

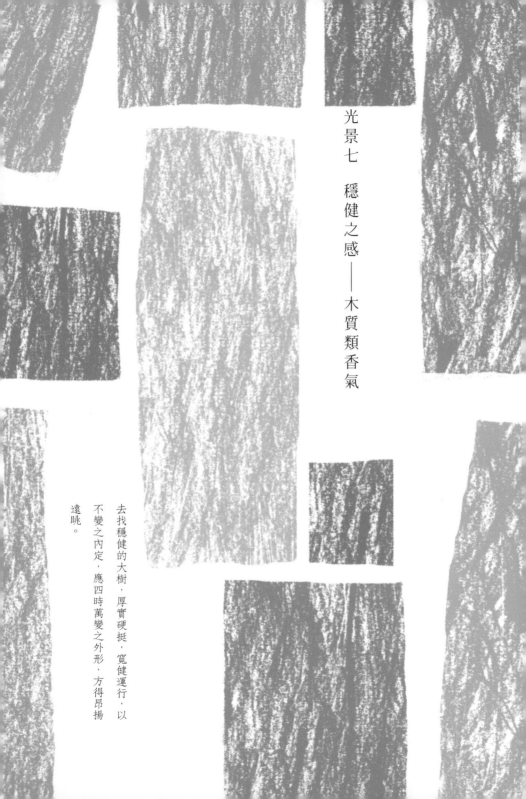

天行健，君子以自強而不息。
木，回到植物核心的本體，老實穩定的存在。
沒有果實的繽紛，
沒有種籽的搞怪，
沒有花朵的華麗。
木頭不太追求枝上被關注的眼神，
他負責著那條絕對的時間軸，
在規劃裡穩穩運行，
一點一點，就這麼老實地累積著自己。
香氣穩定強健，寬厚踏實，
有氣力走得遠，
承接人世間深深淺淺的祈願。
木香，
將時間累積成固實的芬芳。

木

木族，冒地而生，上有枝條，下有根系，扎立於天地土壤的樹

說植物

樹，木本植物的通稱，可用於遮蔭、建築、雕刻、加熱、烹煮、祭祀、保護。

三月初，是預計書寫樹木這個章節的日子。原本心急如焚地要趕在假期前完成文字的書寫，最後因爲疫情的關係，旅行取消了，一下子空出許多時間給自己，讓這個月份顯得既動盪又安靜。

我漫步於台北市的街頭，走在回家的路上。天空的月彎彎，有些朦朧，霧氣繚繞，晚春氣溫仍然低低的，走著走著，竟好像帶著自己，回到小時候熟悉的森林，想起一些安穩的力量。

細細回想跟樹木的關係，其實不算陌生，雖然不住在山上，但因爲家鄉嘉義鄰近區域有許多的高山，只要逢年過節或有假期，家人就會開車上山，或許爸媽也喜歡山吧？奮起湖、獨立山、阿里山、玉山……我喜愛山上的群木之森，也喜愛山上霧氣繚繞的冷靜。

因爲容易暈車的關係，總會把車窗搖下透涼，風裡帶著一些潮濕芬多精與輕盈的木頭香，讓人覺得寧靜安穩。

我自己很喜歡樹，喜歡仰望一棵樹，喜歡觸摸一棵樹，喜歡擁抱一棵樹。每回遇見，必定要耗上一段時間在樹上。從平視到抬頭，跟著褐色樹幹蜿蜒上揚，或深或淺的綠色映入眼簾，逆光瞇著眼睛，感受他的高聳偉岸。伸手感覺粗糙的表皮，有凹凸隆起的紋路，有時還片片斑駁。輕輕靠著，感覺他的龐大與自己的渺小，感覺他的踏實與穩定，想像他自幼苗成長至今，身體裡累積著多麼巨大的時間能量。

木的質地堅硬固實，形體與顏色皆不突出，大多爲古樸沉著的大地咖啡色系。堅實之身並非一日長成，若有機會遇見大樹的橫切面，便會看見美麗的年輪一圈一圈，那是時間的軌跡，是以時間堆疊出的堅韌硬朗。負責植物穩健運行的規律，有不容被挑戰的剛健強韌，亦有通上通下的協調，有領導與統馭的意味。

當春天融雪、青芽新長，夏天深綠的樹蔭在炙熱裡搖擺，秋葉飄落或冬雪收藏之時，繁花盛開或落果結籽之時，木頭總是一年到頭保持相同樣貌，是一個不會輕易改變的存在。三毛曾在詩裡寫過來生要成爲一棵樹：

非常沉默、非常驕傲。／從不依靠、從不尋找。

如果葉子是植物感知四季的末梢，那麼長出葉子的枝幹，便是恆常的支持。不論時節變化，或植株在不同階段輪替，木質部依舊四平八穩地默默按照自己的步調走著。看著外境起落，看著自己起落，仍然老實規矩，安於守護的使命。

北歐神話與芬蘭神話中，描述天地之間以世界之樹支撐，樹，通達天堂與地獄，扎根至命運之泉，支持、建構出整個世界。東方神話《山海經》中，描繪大荒之中極東的海上，有兩株扶桑木交疊，形成不同次元的通道，通往神界、人間與冥界，太陽神由此處駕車而起。猶太教哲學系統中卡巴拉質點的生命之樹、印度相傳的席母巴樹、日本許多的神社也相傳大樹裡住著神靈。在天地初開久遠的時間之流裡，人們以樹作爲原型，流傳出許多神話。樹，成爲原始神話中常見的符號。

大學母校是新建學校，校地廣大樹木卻很少，加上在東部，小樹來不及長大，就常被颱風吹倒，因此每年三月植樹節，全校都在拚命種樹。我從入學、畢業，再入學、再畢業，一直到工作，一路十多年，看著當初種下的小樹苗，慢慢長大。直到離開校園時，小苗已成爲有一點點空間可以乘涼的小樹。我欣喜著參與樹的長成，好像觸摸著時間的軌跡，爲已逝去的時光顯化成具體的形象，其中有不斷耕耘努力的事情，慢慢被累積起來，成爲有份量的形體，被看見——這些穩定與規律感，讓人安心地繼續打拚著。

生活中有樹的陪伴，很幸福。

說香氣

大樹有香氣這件事眞是很令人著迷，很難想像如此堅定沉重的存在，卻擁有柔軟的馨香。我坐在一棵大樹下，出神地思索著。

木香似乎是很早就開始被使用的香氣，而且非常實用。人們取堅硬的木材，製作成樑、柱來搭建遮風避雨的處所，或建造寺廟，或製作家具、擺設等等，人們在木材構築的各種空間裡生活，於是木香的想像是小木屋的氣味，是佛堂的氣味，是書桌的氣味，是衣櫥床鋪的氣味，是各種日系鍋碗瓢盆的氣味……

木質部位能夠用以萃取精油的樹種，通常也是人們長久以來熟悉的宗教用香，充滿信仰的影子，予人廟宇神社的香氣印象。東方常見檀香或沉香，西方則較熟悉大西洋雪松或聖木，這些樹木是許多古文明祭祀時的重要憑藉，有些直接被雕塑成神佛聖像來供奉敬仰，有些被拋磨成粉以便於焚燒燃點——人們藉由裊裊香煙與神靈溝通，供養四方，協助清淨心靈或冥想。

一棵檀香樹，需要數十年以上的時間長成，才能慢慢在木心出現我們熟悉的檀木氣味。嗅聞一滴香氣時，心裡明白，這不僅僅是一滴精油，而是有著樹木在一方土地上好長一段時間的生命歷程，有數十年寒暑交替的起落，層層累積才來到我的面前。每一口氣息，都彷彿走在時光的長廊上，像鳥居的拱門，一個一個慢慢穿過。

木質類精油的香氣主要爲木質調，無論是另帶花果香或菸草氣味，必會有安定感在後，像是回到安穩的核心，呈現寬穩厚實的質地。香氣個性靜定而不強勢，有停留的意思，展現其默默運行的規矩。

香氣輕、穩並行，不是飄忽、具速度感的輕盈，而是一種溫柔且堅定的質地。從初香到數十分鐘後的末香，變動不大，持久度佳。香氣節奏緩緩開展，首先彷彿揭開一片大幕，而後細水長流，可以走得很久很遠，像一本歲月的經典。

一如樹木強健的身形，木質類香氣的個性穩健下沉，似一座大山，底氣飽滿，並非虛有其表，而是眞切、扎實堆疊出來的厚度。有內斂冷靜的樸實，不似其他調性那般跳躍、喧譁。木，好像有條理分明的意識，可以把事情看得明白，即便有灰色地帶，也是刻度清楚的狀態，能進入決策與判斷。這讓我想起教皇或方丈這樣的角色，或是一些資深的前輩、長者，他們有上下遠眺的通達視野，同時有能夠下決策的篤定，也許固執，但有氣力扛得起責任，他們明辨是非的通達令人安心。

木質類精油大多黏稠，多爲倍半萜這類家族，分子胖了些，揮發度低一點，屬於襯底的調性，擅長把其他幽微、飄忽的氣息穩定下來，像是空飄氣球的底，讓輕盈的香氣有了依附的框架，使整體的氣味有更具體、明確的形體。他們也協助將各種香氣的稜角收攏得圓潤一些，讓外放或喧鬧的分子安靜下來。他們在品香紙上的香氣與調油後擦至身上的香氣差異頗大，若只單純在空間擴香，會稍微少一些尾段穩定的調性。

木是一種成果，一種通過時間歷練的成果。樸實不喧譁，有重量。

夢見自己自遠方歸來，回到森林，回到古老大樹的家。
小鹿來歇息，長頸鹿說說話，松鼠穿梭在身邊，
山中雲霧四起，松針滿地，
我依靠著粗糙的樹皮斑駁，靜靜觀看著，觀看著。
幾年來的忙碌，我還在研究飛到天空的方法，
學習如何生一把火，聽懂森林裡風的訊息。
練習成為一棵樹，學習舉手投足的穩健與安定。
「不是的……」森林說，
等到數十年星辰遷徙，四時萬物消長，影子拉長再變短，
日日，月月，歲歲，年年，就會明白了——
有些事，需要時間。
下一段路途啟程之前，想在大樹下歇一會，
希望等等出門的時候，
剛好遇見毛茸茸的龍貓公車載我一程。

清透日系無印風

白色木香

第一個想聊的木香，是古老的樹種，雪松。這類巨大的樹木，常常有上百年的歲數，可以長到三、四十公尺之高，樹形挺拔寬闊，昂揚且四平八穩。

大器穩重的雪松木自古便常用於希臘神殿的支柱，相傳巴比倫人修建神廟時也使用雪松，所羅門王的宮殿支柱也是他。自古以來，他也是祭祀與醫藥治療上的重要植物。在埃及神話中，掌管冥府、生育與農業的天神歐西里斯，便是在雪松中死亡與重生，使用雪松時，似乎增添一些神聖尊貴的信念。

……大西洋雪松是雪松屬的大樹之一，香氣清明穩定，些許寧靜悠遠，有一點空靈抽離，像走進清幽乾淨的小教堂，也像氣度優雅的白袍巫師，彷彿已修煉數千年。

聞香紙上的香氣幽微帶酸，有甜感、溫柔襯底，也有松節油的調性。他的酸不是梅子的酸，而是柑橘果香的酸，輕輕飄過的甜中帶著蜜感，還有一些溫暖純淨的奶香。質地似羽毛般輕盈卻安穩，非常特別。氣味印象好似走進淺白色系木頭的木材場，或是日系無印風的居家，空間裡有樸素淨白的木質家具，引光入室內，淺松木紋的物件都被曬得更鬆放一些。

大西洋雪松的尾韻雖輕，卻綿長持久，有累積的厚度，如功夫高強的俠士選擇隱居山林。節奏緩緩前行，氣味慢慢層層推出，有停留之意，亦有獨處之感。若將其直接滴放手背，香氣有了體溫的支持、推展，白色木頭的氣息會更爲飽滿明確，底蘊則是微微溫暖的樹脂香調，似乳香，寧靜開闊，透明晰靜。

前幾年，我曾在奧地利湖區的植物園，拜訪過一群老老的雪松。樹幹很粗，枝幹順著拋物線拉長著垂墜，全株表皮是灰撲撲的藍白色，風塵僕僕，像一位睿智的老爺爺，已安住在此幾個世紀的時間。我抬頭仰望，近身嗅聞，空氣裡有很輕盈的一個悠悠的香氣，似乎是熟悉的精油芬芳。當下似有一些看不見的事物，細細在平行時空裡延展，非常安心自在，讓人想駐足，想再停留久一些。

．．．．

西印度檀香是另一個透明輕盈的木香，又稱阿米香樹，氣息輕飄，有乾澀的藥苦感，一點溫潤的松節油氣味，似沒藥卻更爲厚實些，像是剛被細心保養過的木頭空間，塗擦上天然的保護漆。香氣開展出視覺印象，是美國中南部的大片乾燥草原，草很短小精幹，草皮帶有土黃色的沙土，還有日光下的牛仔，大剌剌的。淺色木頭的香甜漸漸暈開、外散，末香安定，有一點菸草氣味，似山上堆滿農具的倉庫，農具上沾染了一些田地裡的沙土，或荒野中夾帶回來的乾燥稻草。其中有很輕的一股類香料氣息溫熱經過，像是秋收後休耕時節的倉庫。

輕巧透亮的穩健，
溫溫存在著，是隱形的守護者

無印風小角落

大西洋雪松1滴＋芳樟2滴

神殿守護芳香噴霧

大西洋雪松3滴＋乳香2滴＋酒精5ml

歲末神社禪定風

棕色木香

印度檀香，是東方祈願的香氣印象。或許我們的文化裡，認同內斂的涵養，並相信其中有力量存在。

想起小時候，逢年過節跟著奶奶去村子裡熱鬧的大士爺廟或媽祖廟拜拜，或是跟著媽媽進出寺廟。奶奶閉著眼睛恭敬地念念有詞，祈望一家平安，祈望子孫考試順利，祈望事業平穩，祈望風調雨順……晚課的爐香乍熱，和著引磬、木魚的聲音，讓人逐漸沉靜安定了下來，很奇妙。檀香對華人來說，大多有宗教廟宇的香氣印象，似有煙霧繚繞的大爐可以寄託，或是暮鼓晨鐘的規律讓人覺得安心。

檀香精油初香有粉末感，似剛拋磨過的木頭，像是走進山腳下的木材廠，不同的木頭正被職人們揀選、裁鋸，腳邊細細碎碎的木屑掉落，剛從木頭釋放出來的香氣還有些活潑，非常新鮮。

節奏慢板，緩緩漸進到中段，慢慢感覺到穩定持久的木質香甜，甜中一點核桃果實的香氣，溫柔雅緻地拖曳著，下盤扎實落地，氣息卻悠遠昂揚。香氣開展像是推開層層厚實、有重量的大幕，幕裡是一座古老的寺廟，正殿莊嚴宏偉，佈局工整，攝定心神。祈願與擔憂，好似都在這裡，有了承接的出口，讓人覺得安心有規矩。

數分鐘後，末香中空幽微，透而不涼，微微的酸，微微的甜。有一點薑絲或醋酸的汗味，輕靈又有些務實。在時空之中，身心同脈、內外合一，好似有一些意識正緩緩揚升，經過了悟而參透，內在謙和、安靜、專注，自我沉澱後，回歸初衷，並且釋懷。彷彿見證了百年的古老石牆，歲月經過，牆上沙土風乾剝落，微塵消散在風裡——看破或放手，於是離開，有禪靜空靈的意味。又好似乘著一葉扁舟緩緩滑過寧靜的湖面，漣漪圈圈，由中心往外，視野逐漸廣闊，而我就坐在核心之上，慢慢感受存在和永恆接近成等號，思考變得清澈明確。

檀香有很好的定香特質，擅長把飄忽的調性，往下抓穩，好像綁在空飄氣球下方的鐵片與線。前進並非漫無邊界，無常裡有尋常規矩，一切似有清楚的條文儀軌可遵循，於是，相較於其他木香，檀香多了威儀嚴肅與簡樸自持的感受，在這樣的香氣中，能把事情想清楚，並且下判斷與決策。

檀香有東方宗祠的印象，是歷代祖先努力耕耘的一方，而西方對於檀香的氣味印象，則與我們不同，與宗教的連接似乎較少一些，倒是常見與茉莉或依蘭等濃郁花香調和，被人們記載爲具神祕感的異國東方調。觀看不同風土生長的人們，醞釀出不同的氣味文化，細細感受其間的差異，試著理解彼此的文化背景、想像彼此的生活樣貌——香氣帶來了非常有趣的人文觀察。

・・・

澳洲檀香相較於印度檀香，顯得輕快入世了些，像一座還在建造的寺廟，正大興土木，想爲理念發聲，還有想做的事情，似乎尙未走到明心見性的覺悟，尙未了悟空無，還在世間體驗各種歷練。

澳洲檀香的初香有微微苦味，似苔蘚或蕨類的青澀，也有堅果香氣，節奏緩和而飽滿，色系深一些，是加了一點強度的木香。末香堅定，人雖已走到壯年，仍然有想法與抱負，想要再拚個十年，去實踐信念裡的願景。後段果香甜美，竟有些似檜木或樟木，像走進老舊整修過的鐵路局或林務局的舊宿舍，是日式老房子裡的氣味印象。

寧和禪靜的穩健，
有謙謙佈道的信念感

青燈古佛寺

大西洋雪松2滴＋檀香1滴＋維吉尼亞雪松1滴＋
橡木苔1滴（5％）

定心凝神芳香護身符

檀香4滴（50％）＋秘魯聖木2滴（5％）＋基礎油5ml

＊檀香可依喜好選擇印度檀香或澳洲檀香。

鉛筆感木屋風

深色木香

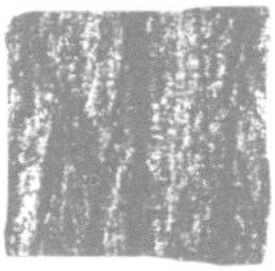

「我想要加那個那個……花生醬。」小男孩走到我面前，怯生生地說出自己的想望。這是一堂小朋友的品香課，被點名的香氣是維吉尼亞雪松。孩子有時記不太住植物的名字，卻對香氣的聯想很快速，且能夠直覺地記憶下來，很做自己，有時我還眞是非常羨慕呢！

……

維吉尼亞雪松是典型的木香氣息，有鉛筆的氣味，彷彿看見一枝六角松木色的木桿子，裡面有深灰色的筆芯，呈現偏深咖啡色的木材香。香氣起始點低，下盤寬寬胖胖，氣味飽滿，噸位很足，很有支撐感與停留感。初香氣味裡有深褐色寬大的樹幹，以及穩定盤踞的根、茂密遮蔭的葉子，紋理粗糙硬朗，感覺非常可靠，有如林野之中，遇見大樹下受供奉的神社，好似遇見有龍貓呼呼睡覺的大樹。其中奶甜香厚實，帶有堅果氣味，像是核桃、杏仁、腰果等等，整體像花生醬，有些甜美的小調皮。我想起《冰原歷險記》裡的那顆橡果子，還有爲了橡果子搞出世紀大災難的那隻劍齒小松鼠。溫暖甜甜的木頭香氣，是難得受小朋友們特別喜歡的木質調。

香氣緩緩往前數分鐘之後，慢慢轉換出一個較爲通透的區段，像是外推出更多的空間。像是從深褐色的木香出發，從一棵樹延展成一片林，似北國阿拉斯加，是原始又古老的林子，穩固且淡定，帶有深褐色的意象。生命彷彿從久遠到現在一直隱世於此，在自成一處的境地，過著簡單務實的生活。

到了末香，較爲輕快的甜感已消散，像是已被加工製作好的長桌或衣櫃，準備離開木材工廠——並不是精工雕琢的華美感，而是保有原始紋理的拋磨工藝，老實又有存在感，非常可靠。

・・・

暹羅木的主要產地在越南，是充滿東南亞風情的香氣，倒不是載歌載舞的印象，而像是泰國旅行至金湯普森博物館，走進木造的傳統建築裡。六棟朱紅色的泰國古式高腳屋，掩映在熱帶雨林的墨綠色葉叢裡，園中有池，魚兒在各種水生植物之間歡快暢遊。氣息裡有通透似大戶人家的迴廊，也有一點焦香像剛上完油漆刷得發亮的木家具。一些潮濕與陰涼，一些木香的煙燻感，稍微有聚焦之意，是熱帶國家的安分守己與樸實樂天。

正在書寫木頭香氣時，正好巧遇了幾種台灣生產的木香精油。一位苗栗三義鄉的朋友使用漂流木，自家萃取出植物香氣相贈，我非常興奮地帶回品香。

台灣肖楠與維吉尼亞雪松一樣，氣味有深色木香想像，個性較爲強勁，有炭火烘焙和野營生火的氛圍，其中藏有些許孜然的香料感，微微焦香與煙燻，屬於質樸、粗獷的在地風。

龍柏則保有柏科一貫的菸草與木棧道香氣，似琴酒的木香，也有花生醬的甜，有些神似維吉尼亞雪松，不過更爲沉穩與溫暖收斂，簡單樸實得多。台灣島嶼上的大樹是老實與熱情的風貌，期待自己再多花些時間與他們相處，日後更有心得時再與大家聊聊。

老實質樸的穩健，
在森林裡，安心打個盹

龍貓的大樹洞
維吉尼亞雪松3滴＋玫瑰天竺葵1滴＋牛膝草1滴

竹林小神社
維吉尼亞雪松1滴＋牛膝草1滴＋乳香3滴

走入森林深呼吸芳香油
維吉尼亞雪松1滴＋大西洋雪松1滴＋挪威雲杉3滴＋
甜杏仁油5ml

王的抒情曲

甜美木香

有些木頭萃取的精油，除了木材感，也有溫柔的花朵或甜美的果子包覆其中，使得威嚴的木，帶著柔美或華麗的質地，溫和又穩定，我喜歡稱呼他們爲「美木」。

時光感沉靜悠遠

沉香木屬瑞香科植物，並非樹木原生就具有芬芳氣味，而是植株受傷或感染後，才經由木心樹脂腺分泌出芳香物質，芳香分子釋放後凝埋於木中，稱爲結香。沉香木這樣的行爲模式似乎太超凡，一般生物爲了生存抵禦外侮，不是釋放烏黑的墨汁、毒素，就是釋放臭味驅趕，而沉香木的方式，竟是自體內產生芬芳美妙的氣息，護體修養。沉香木的芳香分子胖瘦分佈很廣，若使用蒸餾萃取得到的精油，與香道使用煎香方式相較，會少了些許氣味區段。

我身邊這一支惠安系的沉香精油，由超臨界流體萃取而得，香氣較接近香道課時品析的沉香，展現出秀氣的安穩，像是才華出眾的文官，外表斯文，內在實力堅強。開場先有圓潤飽滿的奶香，乳香如蜜，似黑糖口味的珍珠，甜美流暢；中段有溫柔婉約似橙花的優雅，而且落落大方；尾韻是乾淨木香，微微上揚後，輕甜淡雅如一杯茶，有沁涼與通透，也有篤定與愜意，像百年祕境中的一座偏殿，也似三、兩文人雅士於涼亭間，談心論事，吟詩抒情。

同樣擁有悠遠沉靜感的木香，是檜木，想起阿里山上巨大的神木群。千歲檜、香林神木都屬紅檜這個類別，都是高大的巨木，樹齡千年上下不等，他們是台灣島嶼上的守護神，盤踞一方，隱居在中央山脈裡。

紅檜精油的氣味一開始是略帶樹脂甜感的木香，些許仙楂甘梅的酸，些許微微青澀綠草地，氣息既有透涼也安穩，像是有著雙層天幕的平行空間。前方是穩定的木頭氣味似檀香，些許歲末感，遠方有風一般的清透涼快，像澳洲尤加利。人居於中，像進入一方木頭搭建的安穩空間，在草上霑濡著露珠的清晨，有著獨處的清明與安心。

黃檜是通俗所謂的檜木，相較於紅檜，是甜美新鮮的進行式，木香明確，有如遇見正在釋放香氣的大樹。同樣有雙幕的特質，輕盈甜涼，但是穩定，平衡感很好。前方是柑橘的花果香，伴隨剛剛好的松節油氣息，有如種滿奇花異草的小木屋庭園；後方推襯於底蘊的是有重量的涼感，似薄荷或仁丹口味兒。黃檜的香氣彷彿內心穩定，同時還帶有愉悅、活力，像是年輕有爲的理想家，有所爲、有所不爲，對於是非對錯的判斷很乾淨明快，不太拖泥帶水。

台灣的香杉精油亦有類似檜木這樣的香氣佈局，前香清透繚繞，後方悠遠穩定，使得他們本身就很有完整的空間感，獨自可形成一座高山森林，林裡或有木屋。或許是因爲故鄉多山林，每回遇見檜木，總有一種回到家的安心感，熟悉又放鬆。

花果系優雅美木

芳樟木是溫柔的木香，較爲年輕又善解人意，雖由木頭萃取，初香卻柔美粉嫩似薰衣草，像曬太陽般和煦溫暖，有花香的想像，是心思繁複的林黛玉。

香氣接續慢慢出現果香的甜美，漸層到綠色調，走到日系和風的區段，有布窗簾或團扇，穿著浴衣，吃著有和菓子的下午茶。最後慢慢緩和停留下來，像是遇見校園草皮上的一棵大樹，隨心所至地坐在樹下，舒服地閱讀或書寫，再一次回到木質調的穩定陪伴。

芳樟木的香氣個性柔中帶剛，厚實中有溫軟，或許是不那麼愛哭的林黛玉。香氣表現漸層且細緻，含括多種調性，很適合做爲中間橋樑，將不同個性的香氣串接起來。從花香到果香，果香到木香，木香到藥草，藥草到葉片，芳樟木像是個和事佬，默默把大家牽起來。

・・・

秘魯聖木是南美洲厄瓜多爾的一種神祕的聖樹，用來消災解厄或祈福。聖木精油的香氣以萜烯類爲主，強勢但也消散得快。初香華美閃亮，有烤蘋果或焦糖的香氣，有溫柔熱情的玉蘭花，加上煙花燒灼的氣息，似有各種不同供養神祇的花香與貢品，以金銀托盤裝盛著，火燭通明，彷彿在古木參天的野地裡，正進行一場豐盛且神祕的祭典。歡樂過後，末香較爲冷調，微微帶有金屬酸，像參觀一座古老的教堂，有老空間的氣味。

印加文化裡的薩滿巫師，相傳會藉由點燃聖木產生煙霧，以驅逐邪惡的印記。在台灣可以買到聖木製成的線香，剛搬家時的好長一段時間，我習慣早起後點上一柱香，讓強勁明亮的香氣，將空間清理淨化一番，用古老的方式與植物互動、過日子，很有意思。

・・・

台灣牛樟是島嶼原生的特有樹種，大型喬木，心材紋理很有質感，是雕刻創作常使用的材料，建築工藝中也經常使用。牛樟的香氣開場很有氣勢，有甜香與迷醉感的松節油，藥苦微微滑過，底蘊是陳年的木香。磅礡悠遠，頗有君主的氣度，大刀闊斧地執行，信心十足的篤定感，非常可靠；外表溫順了些，但實際上握有實權。香氣有沙士糖的氣味印象，果香酸甜跳躍，明亮活潑，像好吃的白色果子，如山竹。

芳樟、牛樟是台灣人熟悉的樹名，我常聽大家提到，也好似看過，他們好像已經陪伴許久許久，我卻從沒記得住他們的形象。然而，因為香氣，對於許多植物開始有了一個著力點，慢慢會留心周遭的存在——一直在身邊的他們，也終於被我看見。

辛香強勁發散系

喜歡肉桂可能是一種信仰。

肉桂的香氣，喜歡的人會上癮、著迷，不喜歡的人則是逃之夭夭。肉桂也屬於樟科大樹，花果葉木都有香氣，品種非常多，常用來萃取精油的品種主要產地是斯里蘭卡，古稱錫蘭，後傳至中國。在航海時代，肉桂香流傳至西方，具有奇幻感、神祕感的木質辛香讓人趨之若鶩，成為歐洲人驚豔的香料。

最常見的精油萃取部位是木頭外圈的環狀樹皮，被歸屬於木質部香氣。要找肉桂本人，在超市的香料區就可見到。樹皮一捲捲排排站，被整齊地收在罐子裡，或已研磨成粉，隨時可於料理中添加。初聞肉桂，馬上會聯想到麥當勞的蘋果派，這是年輕時最喜歡的速食甜點之一，既保有果甜，還多了些焦糖奶香，爽口且帶有辛香，蘋果彷彿變身成金蘋果一般。肉桂能幫助本味展拓得更爲開闊，當氣味來到中後段時，會發現肉桂始終穩穩壓底。應用於調香時，只要用量上拿捏得宜，就可以使其高調又不過度搶戲。

平時遇見肉桂香氣，大多是一種奢華享樂的印象。市售各種常見的甜食糕點或麵包，都有肉桂風味的華麗款，如肉桂蘋果波士頓派、香蕉肉桂磅蛋糕、肉桂巧克力、土耳其肉桂捲……走到一年之終的寒冷冬天，跨年或聖誕節時，把肉桂別到門口編結的花圈上，或調和到熱紅酒裡，味覺、嗅覺充滿了辛辣、溫暖的壁爐感。

希臘電影《香料共和國》中，主角的外公說，肉桂是金星，是愛與美的維納斯女神，像女人一般甜蜜又帶點苦澀，讓人既愛又怕。如果你想讓對方說出「我願意」，就加一點肉桂吧！

有了肉桂，好似讓所有的存在都更有力道，往下扎根得更深，往上揚升得更高，願意冒一點險，打開自己成爲更華麗的樣貌：咖啡上有了華麗的拉花，屋子裡裝飾了華麗的吊燈，或是爲果子打上蝴蝶結……肉桂拉寬氣味的繽紛感，好似在每一樣物品上放置一些鈴鐺般的小燈泡。

細細品讀肉桂精油，香氣辛辣安穩，有獨特的果甜，像是果肉渾厚的白色水果。氣息會瞬間外展、發散，鼻腔中似有散開的星點，閃閃發亮，如夜空裡偌大發散的大型煙花。

氣味裡仍有木質調特有的咖啡色菸草氣息，於是明白，肉桂的香氣亮點不僅僅在浮華的表面，而是從深邃的底蘊裡抽高，往上揚升至天空，如飛向天空展翅的鳳凰。

肉桂的香氣熱情奔放，卻也知性，是有氣質的香料。氣味音階有廣度，因而能夠與咖啡或可可這類烘焙香氣漸層銜接。

肉桂的辛香屬於火元素的特質，適合在冬日調製成按摩油幫助身心變得溫暖。我喜歡混合著黑胡椒或依蘭來使用，加上一點點溫和的伸展、旋繞，手腳冰冷的時候很能夠帶來火爐般的熱度，幫助身體從內到外溫暖起來。

在希臘神話中，有著關於肉桂的傳說。相傳不死鳳凰菲尼克斯，每五百年會啣著帶有香氣的肉桂枝條及數種芬芳草葉，將其堆疊入巢後，引火自焚，在大火燃盡之時，將有不死幼鳥自灰燼中重生而出——或許，這可以讓我稍稍理解在芳香魔法中，使用肉桂來催動大破大立的改變，或是斷捨離的祈願。

使用肉桂精油特別需要留意成分與拿捏劑量，由於主要由芳香醛與酚類組成，容易刺激皮膚，安全考量下務必稀釋後才使用。我習慣在買回一瓶肉桂精油後，先以酒精或荷荷巴油調和，預先稀釋成百分之〇．五至百分之五的濃度備用，使用時再仔細依稀釋濃度算好滴數，應用上就不怕過與不及。

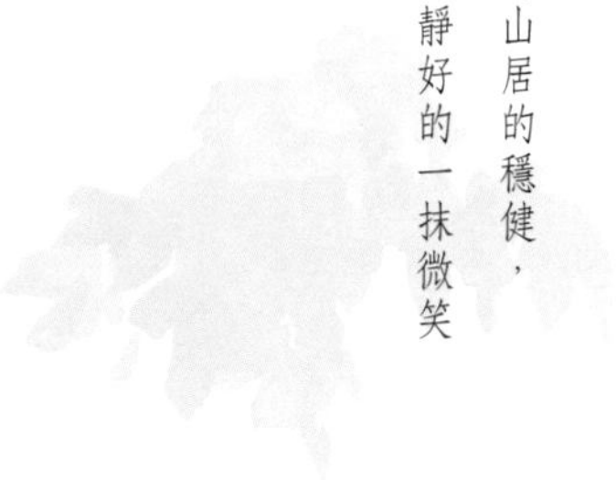

恬適山居的穩健，
歲月靜好的一抹微笑

閒雲野鶴佐一杯清茶

芳樟木2滴＋黃檜1滴（50%）＋玫瑰草1滴

斷捨離芳香噴霧

杜松漿果2滴＋肉桂3滴（0.5%）＋甜馬鬱蘭3滴＋維吉尼亞雪松1滴＋酒精10ml

木質類香氣迷你分類

白色木香	清透日系無印風	大西洋雪松．西印度檀香
棕色木香	歲末神社禪定風	印度檀香．澳洲檀香
深色木香	鉛筆感木屋風	維吉尼亞雪松．暹羅木 台灣肖楠．龍柏
甜美木香	時光感沉靜悠遠	沉香木．紅檜．黃檜．香杉
	花果系優雅恬適	芳樟木．秘魯聖木．牛樟
	辛香強勁發散系	錫蘭肉桂

* 類木香：瑞士石松．絲柏．甜馬鬱蘭．歐白芷根．杜松漿果

單品香氣速寫摘要

・植物名下方分別是英文名／拉丁學名／產地

大西洋雪松
Atlas Cedar / Cedrus atlantica / Morocco ＊別名香柏或白雪松
白木，酸甜清幽，潮濕森林，無印風，寧靜悠遠，陪伴守護，樸素白淨的木家具

西印度檀香
Amyris / Amyris balsamifera / Haiti ＊別名阿米香樹
乾燥的稻草堆，微苦澀，略帶香料感，荒煙蔓草，休耕時的農倉

印度檀香
Sandalwood / Santalum album / India ＊別名白檀
清甜木香，木屑粉末，安穩靜定，大廟古寺，東方禪靜，祈願，安心

澳洲檀香
Sandalwood Australian/ Santalum spicatum / Australia ＊別名大果檀香
硬朗木香，穩定，堅果甜，年歲較短的神社廟宇，篤定爲信念發聲

維吉尼亞雪松
Cedarwood Virginian / Juniperus virginiana / USA ＊別名鉛筆柏
鉛筆氣味，咖啡色，木棧道，裝堅果的木桶子，厚甜花生醬，大樹神木，野放原始

暹羅木
Siam Wood / Fokienia hodginsii / Vietnam ＊別名福建柏
東南亞熱帶風情，大戶人家庭院走廊，聚焦感強，剛上完油漆刷得發亮的木家具

台灣肖楠

Taiwan Incense Cedar / Calocedrus formosana / Taiwan *別名台灣翠柏

煤炭焙火，煙燻，焦香，一點香料如孜然，森林野營，回到山中的舒適感

龍柏

Dragon Juniper / Juniperus chinensis L. var. kaizuka / Taiwan *別名日本柏

木棧道，穩定可靠，木屋，核桃堅果香

沉香木

Oud / Aquilaria malaccensis / Cambodia *超臨界流體萃取法

黑糖珍珠，優雅橙花香，果香，空靈仙氣，有品味的長輩，百年偏殿

台灣紅檜木

Meniki / Chamaecyparis formosensis / Taiwan *別名薄皮仔

雙幕香氣，前方木香穩定，後韻透涼，青澀草地，糖果甜，甘梅芭樂

台灣黃檜木

Hinoki / Chamaecyparis Obtusa var. formosana / Taiwan *別名厚殼仔

果甜木香，底蘊透涼似仁丹口味兒，高海拔，新鮮感，穩定揚升

香杉

Konishi-fir / Cunninghamia lanceolata var. konishii (Hay.) Fujita / Taiwan

輕盈溫柔林感，蜂蜜感，優雅森甜香，國家公園小木屋，清新松木甜

芳樟木

Ho Wood / Cinnamomum camphora / China

柔美木香，溫暖穩定的大樹陪伴，柔和放鬆，綠色調，花果香

秘魯聖木

Palo Santo / Bursera graveolens / Ecuador

玉蘭花香，甜，神祕的慶典，豐盛

台灣牛樟

Stout Camphor Tree / Cinnamomum kanehirae Hayata / Taiwan

沙士糖，松節油，悠遠有氣勢，陳年溫甜木香，故居，大刀闊斧，君王之姿

錫蘭肉桂

Cinnamon / Cinnamomum zeylanicum / Sri Lanka

發散辛感，咖啡店，肉桂捲，蘋果派，煙花，菸草，閃閃發亮

光景八　日光之感——果實類香氣

去找開心的果實們，酸甜飽滿，
圓潤和諧，串串結實纍纍的豐盛。
回到初始的本質裡，笑一個——

時近冬，掛在樹上黃澄澄的果子，
三兩顆，群聚或高低搭配。
如果你，停下腳步仰望，
將擁有滿園子日光——
氣息酸酸甜甜，一點潤澤飽滿，一些活潑，一些跳躍，
明亮如晴朗的日子。
果香個性如孩子，氣味組成不複雜，香氣層次也簡單，
節奏輕快，不懂那些個繁文縟節的轉折。
不過，或許因為簡單，聞到果香，
總可以帶來瞬間的放鬆與開心，
催促內在小孩出來曬曬太陽，
記得還有回到日光下奔跑的想望。
想笑就笑，想睡就睡，一股傻勁的樸實。
即便跌倒了，拍一拍哭完，也就繼續玩耍去。
容易忘記，很當下。
果實類精油，讓自己仰頭微笑的香氣。

果

木族，植物之上，結球狀籽實

說植物

小時候在鄉下，冬日最喜歡蹲在神明廳前的屋簷下，看嬸婆們洗柳丁。直徑一公尺的盆子裡，注水，把採收回來的柳丁用黃色塑膠籃堆疊一落一落，依序哐啷哐啷倒入。整大盆金黃色圓滾滾的球，大大小小爭先恐後地上上下下，水流翻攪不斷碰撞著，滾動著，像好多的小太陽，在游泳池裡面拍打與玩耍，笑得開心。

每一顆過手的柳丁，都被擦洗得圓圓亮亮，好飽滿，什麼都是活的。

果實，是植物階段性的慶祝祭，授粉有成，像是遇見土地上顯化的豐盛，是迫不及待的喜悅與滿足。

果的顏色多是乾淨的飽和色系，香蕉的鮮黃，蘋果的棗紅，西瓜的墨綠，柿子亮橘，火龍果是內外血色的紫紅，梨子的象牙白，酪梨的黃綠……呈現調色盤裡鮮明的印象。

果的形體樣式也是琳瑯滿目，西洋梨是漏斗形圓鐘狀，鳳梨的圓上有波蘿麵包的菱形，葡萄是小小的圓，奇異果是毛毛的橢圓。我們常吃的水果們，似乎都有圓滑的曲線，或直接就是圓體的變形。

圓，一種初始的幾何形式，找不到開始與結束的源頭。一路往前沒有盡頭，回望過去可能會走到最初。西方神祕學裡有名的自吞蛇，是自己頭尾相咬連接成一個圓，最初就是最後，結束就是開始。東方對人生在世的一切事物都了無遺憾，謂之「圓滿」，稱一個人處世很恰如其分，則稱爲「圓融」。果實們讓自己形成與圓相似的樣子，會不會也是這樣想呢？當我徒手要吃西瓜的時候，懊惱地只覺得圓眞是一種易守難攻的姿態啊！

讓自己變成一個圓，稜角收起來，於是，與別人相碰不會壞，方便利用滾動來省力位移，躲在群體裡能以最少空間來堆積——飽飽地撐開一席之地，來完成自己的圓滿。與我們互動頻繁的果，是一群多汁香甜甚至可口好吃的農產品。長相圓圓胖胖，呈現歡樂繽紛的風景，具體有重量，富含水分或甜感汁液，有飽滿豐收與和諧的意象。

過年時，市場會賣一種不是拿來吃的柑橘，大大圓圓的，擺在家中神明桌前，形體金黃、圓潤、寬胖，有淡淡的酸甜果香。貼上一個方方的紅色春字，期待來年順心愉快，期待討喜的果實帶來好運與貴氣，期待一切吉祥如意。

每年中秋，我喜愛在柚子皮上畫笑臉，分送親友們或擺在家中，提醒自己，無論如何都要笑得開心地往前。

我繼續看著嬸婆那一籃一籃堆疊起來的金黃色，等等小發財車會來把他們排排放好，運走。想像他們在市場一袋一袋被喜歡的人們買走，想像人們開心地享用著。

果實啊！總是有種希望與期待感，不管是不是不切實際，但總是懷抱希望，期待未來！美好的進行式，務實且入世。

搬新家、新婚、新工作……新的時期都適合用上果香。

好似打開一扇明亮的門，一切新的開始，都擁有著祈願與祝福。

說香氣

如果說有一個任何東方人見了就會愛上的氣息，或許非柑橘果香莫屬。香氣酸甜水潤，清新、透明、如孩子，輕快、明亮、簡單、純粹、乾淨。個性直爽，性格略帶白目，輕鬆卻活潑有朝氣，提醒玩耍與幽默感之必須。

柑橘系芳香植物，屬芸香科，習慣把精油儲存在果皮裡。拿起一顆柳丁在日光下端詳，有時會瞧見半透明的點點，散落在果皮中，那便是精油囊。因爲有儲存香氣分子的倉房（油囊），精油豐沛，萃油率也高，氣味與精油皆相應著果實的豐滿圓潤。尋常直接冷壓即可取得，精油售價屬中低價位，很平易近人，加上氣味熟悉，是入門的首選。

冬天柳丁盛產時，如果不小心一口氣吃很多，嘴唇上會有刺刺辣辣的感覺，那便是精油帶來的刺激感。吃完的柳丁皮或柚子皮，用手指壓一壓，拿小牙籤戳一戳，放在陽台上曬，或放入冰箱，直接就能擴香，是我喜歡享用天然精油的方式。

雖說萃油率高，拾心以實驗室設備蒸餾，一百二十克甜橙果皮僅可萃取到約二毫升的精油，萃油率僅約百分之一．五，然而這已經是精油裡屬於高萃油率的了。

柑橘精油種類不多也不少，大約十來種，主要由酸、甜、苦、澀這幾種特色氣味質地組成。分別是現榨果汁的甜感，稍微尖銳的酸感，吃到果皮裡白色細絲的苦香，或是咬到老皮的青澀。

芳香分子多以單萜烯爲主，氣味較爲透明輕薄，消散得快，無法持久流竄奔跑著，一溜煙就不見了。我常會笑著歪頭思索，想著他們去了哪裡，然而大多時候只留下滿屋子發呆的自己。不過他們卻很擅長推展出鬆放卻有朝氣的空間，並讓空間有光線流動感。像是幼兒園童言童語的嬉鬧，或是與拉布拉多一同打滾的大草原、有日光滲透的林子，適合提亮氛圍。

咖啡或茶酒裡也常提到果香，好似描述一種酸酸甜甜，具有柑橘香氣的氛圍，彷彿混合了一些清新的、明亮的、鮮嫩的想像。烘豆師朋友曾經給我一包帶有果香的濾掛咖啡，是衣索比亞水洗的蒙麗莎，乾香中有檸檬與蜂蜜感，沖泡後的堅果香氣與焦糖氣味，渾厚飽滿，帶有一點水潤感，很有活力。

在台灣，果香是一款人人或多或少能夠接受與喜歡的調子。我常想著是否因爲柑橘與我們的民族性格有些相似？一群喜歡嘗鮮與新奇的人，在勇敢嘗試的過程中，有時候被簡單害慘了，哭完拍拍身上的土，繼續站起來，還是可以往前。這類的氣味層次較少，久聞可能會過於甜膩，但快要沒有動力時，聞到卻覺放鬆，好似瞬間提醒自己，回到簡單也很好。在果香裡放鬆，或許是因爲看見了太陽。

夢見自己是一顆果，圓圓飽飽，沉甸甸懸掛於樹——
地心引力還沒召喚落下之前，我遠眺著。
想起曾經是顆飄落他方的籽，想起曾經辛苦著日日期盼冒芽，
想起曾經仰望大雨與烈日。
等待春去秋來，油亮亮的葉片，片片由小到大，
淨白色的小花，花花綻放滿園，
終究到了天寒溫降，結實纍纍——
一路辛苦嗎？哦，不，
我大剌剌地在陽光底下笑著，
如果可以傻傻著，往心中的方向前進，就是一種幸福。
不太多想，也不需掩藏，不輕易妥協，也不放在心上。
當夥伴再一次集結，
大大小小，嘰嘰喳喳，我挑著眉說：
日光飽滿之時，咱們隨時出發吧！

遇見孩子般笑得開心的光

柑橘果皮類

在台灣，喜歡柑橘果的人們大約有超過半年以上的時間可以在生活中擁有他們。夏天有酸甜酸甜的檸檬，中秋有香噴噴的柚子，冬日過年有甜甜的柳丁、橘子……種類很多，光是柑，就有肚臍柑、椪柑、帝王柑……果實長相甚是討喜，圓圓飽飽，多為橘紅色系。習慣切開果皮成四瓣，再一瓣一瓣掰開食用，是典型果實類精油的代表。

糖果甜果香系

甜為主，酸韻於其下，是年紀最小的孩子。

甜橙的氣味像遇見一杯柳丁汁，簡單昭告著甜與酸，是很單純的開心。也似嗨啾軟糖，活潑有活力，像在戶外日光下，開心地笑著、奔跑著，空間裡有飄揚的氣球或棉花糖，分送著乖乖桶的七彩軟糖。香氣圓滑，偏向柔軟些的純真歡樂，也像個穿著格子裙的甜美小女生。

歐洲喜愛在聖誕節前後用上甜橙，寒冬大雪紛飛的時候，似乎特別需要一些太陽般的香氣陪伴。於是台北陰雨綿綿連續數日，或是無法分辨衣服到底乾了沒的冬日，我也用甜橙。

聞到柑橘，就想到日光，幫空間打一盞燈，而且是一盞金黃色溫暖的立燈。

萊姆也甜，有跳跳糖或彩虹糖的氣泡感，像冒著二氧化碳的氣泡水。

蒸餾的萊姆非常可愛，氣味從酸開始，隨即迸出甜，之後酸甜交錯起落，叮叮咚咚像打小鼓般輪番出現，形成細碎跳躍的香氣節奏，似拍打舌尖的碳酸小泡泡。於是，喧鬧感與活力更多了，像進入迪士尼樂園般，有旋轉木馬與騎士城堡，有爆米花和成天傻笑揮著雙手的巴斯光年。

有一年，參加聖誕節市集的擺攤活動，將萊姆加上一點玫瑰天竺葵，製作成荔枝口味的汽水香氣，撒上一些金銀細粉，完成孩子們喜愛的派對用閃亮亮護手霜。

夜晚的酒吧或無垠的星空，也適合以萊姆來呈現，有著閃爍的空間感。

想起幾米的一冊繪本《布瓜的世界》，說著小小孩的各種煩惱，也是大人的。「爲什麼鳥沒有四隻腳」、「爲什麼魚沒有耳朵」、「爲什麼不可以天天過生日」、「爲什麼非要等睡著了才開始做夢」、「爲什麼我永遠弄不清方向」、「爲什麼我必須假裝快樂」……嘰嘰喳喳，細細碎碎地喃喃自語，一個接一個，也像冒不完的泡泡呢！

萊姆像是跑跑跳跳、圍繞在身邊的小跟班，有純真的動力與熱情，好奇地探索並詢問著這個世界，發出沒有停歇的問句。有時覺得煩人，有時卻又貼近本質，讓人思考半天。

如果想笑得傻呼呼，或許找一點甜甜糖果香。

清新果酸系

加入酸感的柑橘香，更多汁明亮了。像年紀稍大一點的孩子，偶爾可以冷靜下來，貌似認真地聽些道理。

檸檬是典型的酸系果香，不過酸甜皆在，像是在夏日裡，喝到一杯檸檬很多的愛玉，或是半糖的蜂蜜檸檬。甜的份量也不少，會想起金桔或金棗。

享受酸帶來的清新，加入蜜餞般的甜糖，即使微微皺眉，也可以一口接一口，是夏天誘人的質地。轉角的越南河粉店鋪，也放檸檬，在米線裡，讓濃郁的湯底，更輕盈解膩。

果香酸，這樣上揚與尖銳的質地，會有乾淨潔白的明亮感。像是物品被洗刷得很滑溜，刷得很亮，打理得很整齊的氣味感覺。像是衣領精或洗衣粉廣告裡，晾在太陽下白得發亮的舒爽衣物。

在超市裡，不乏帶有檸檬味的洗碗精、洗衣精、浴廁清潔劑，利用嗅覺加乘帶出強效洗淨的感受，讓氣味引動出預期的潔淨氛圍，是原始又直觀有效的好方法。

檸檬帶來身心更新的感受，好似全方位的洗禮。在自家廁所或旅行進入飯店使用的芳香噴霧中，放上一點酸甜系香氣，像幫忙房子開一扇天窗，似有光線進入室內，帶來窗明几淨與清爽舒適的感覺，也讓空氣多一些輕鬆活潑的流通感。

我曾作過一個香氣協助睡眠的小論文，讓受試者使用檸檬精油調製的單方按摩油，濃度百分之三，在睡前塗擦，並紀錄睡眠的狀況。實驗結果顯示，香氣雖無法在加快入睡時間或熟睡品質上幫忙，但意外地，每一位受試者都表示做了美好的夢，愉悅又開心。

另有一位個案是在白天使用檸檬，以隨身擦拭擴香吸聞的方法使用，這樣的陪伴帶來會議或上班時間較爲樂觀的心態。

香氣好像把心擦了擦，明亮一些，讓事情不設限。

・・・

葡萄柚多了一些非常細微的苦，細微到能讓人習焉不察。表面的酸，若隱若現，討喜的甜進來，融合出酸甜夾雜的趣味，輕輕似蜜餞。呼吸間有水感很潤澤，接近眞正在吃一顆柳丁或剝橘子的氣味印象。不論是酸或甜，兩者皆不強勢，輪播的舒放感，令人輕盈放鬆。

葡萄柚是一個較爲年輕的雜交種，紅肉厚皮，超市可買到進口的果實，長相圓嘟嘟。哪天若想要試試運氣，就買一顆嘗嘗，看看是酸是甜。這種中庸的酸感香氣，不失活潑，卻也耐聞，因此也很適合使用在工作或會議空間裡，舒緩一下較爲嚴肅緊繃的狀態。

微苦澀系

柑橘有了苦澀，就讓香氣顯得成熟穩重了些。像是稍微長大的孩子，可以坐下來，翻本書，好好思考些事情。

苦，似乎是一種長大才會欣賞的感覺。

小朋友的品香課，大多不會喜愛帶有苦調的香氣，像是苦橙葉、廣藿香、岩蘭草……但隨著年紀增長，大朋友或成人的課堂裡，越來越多人能欣賞有苦調的氣息，甚至十分鍾愛。

在苦裡面，或許覺得安心與被理解。這樣淡淡的煩惱與心事，好似更貼近人生實際的狀態。

佛手柑是溫文儒雅的花美男，穿著柔軟的毛織衣，體貼又溫暖。香氣厚度多一點，卻不會厚重。保有原本柑橘擅長的日光，又多些獨處的安穩時間感，是輕盈的穩。

佛手柑由苦澀入息，好似剝開橘子皮，不小心咬到白色細絲。苦之後才微微感覺到柑橘的酸和甜，香氣較鬆，有些輕質空靈，節奏緩行，卻也有篤定感。中段似花香優雅經過，尾韻清幽安靜。

整體如落地窗篩過的日光，滲透進屋內，溫和柔軟。彷彿在圖書館裡的一個位子上，愜意讀著一本書，也像清晨幽靜的果園。所有柑橘的氣味、質地全都退後一個色階，輕描淡寫。因含有較多的酯類成分，是安定心神與陪伴的優選香氣。

紅桔的氣味很東方，似春節搖曳的紅燈籠，是厚實的穩。香氣次序像是冬日吃顆橘子，先是剝開厚厚蓬鬆的皮，有「白拋拋」的細絲，接著一瓣一瓣入口。先苦，再澀，後甜，三種滋味皆很有重量、有厚度，相較其他柑橘，難得多些固實渾厚。氣息有磚紅色的想像，如春節時的豔紅色燈籠、春聯，或是古厝的紅磚瓦牆，有東方悠久的歲月感帶來的古老韻味，也是安穩的香氣。

打開一扇窗，
外頭日光明亮飽滿

豐收明亮小果園

佛手柑4滴＋萊姆2滴＋檸檬1滴＋甜橙3滴

迪士尼樂園的巴斯光年

萊姆1滴＋月桂3滴

春節搖曳的紅燈籠

紅桔2滴＋永久花1滴（50%）＋佛手柑1滴

辦公室幽默感芳香噴霧

葡萄柚3滴＋佛手柑2滴＋甜茴香1滴（10%）＋酒精5ml

遇見揚帆出發冒險的光

香料果籽類

有些果，像包心粉圓，一次有兩種以上的層次與口感。有時候，使用於萃取精油的果實會包覆或連帶著種籽，並非如檸檬這樣僅取用外皮，而使香氣超乎想像地具有種籽類香料感的特質。

果籽類精油，常見的有牛排感的黑胡椒、原住民搭配肉食料理的山雞椒、釀造琴酒用的杜松漿果，或巧克力使用的可可果。

雖然把他們歸類在果實類，香氣卻不是清新酸甜的柑橘香，而是溫熱發散的香料感，個性濃烈強勢，很有渲染力，辨識度也高，如小巨人一般，是重要的入菜、佐餐小配角，讓食物風味區段的層次更加繽紛。

乾燥沙土果系

黑胡椒是皺巴巴冒險的小太陽，有又乾又熱的火能量。聞香時，可以輕易地想起佐酒的毛豆、胡椒蝦、牛排或鐵板雞柳。氣味醇香辛辣，底韻有甜，一些青澀的蔬菜感和椒香的鹹甜，氣味區段很適合漸層搭到食物上。尾韻有菸草或松木感，像曬過日光、陳放著的咖啡色木桶。好似炙熱陽光下，許多小不點的角落，通通蒸發著往上，最後剩下被曬到發亮的黑，烘托一室乾燥。回神後碎末細粉皆已入湯。現在買到的黑胡椒，大多產於馬達加斯加，印度洋上的古老島嶼。我想起《馬達加斯加》那部電影裡，一群無厘頭、搞怪的動物們：腦筋直線的愛力克獅、傻呼呼的馬蹄斑馬，還有長頸鹿、河馬，以及假裝很邪惡的企鵝四人組。從紐約到南極的旅程，充滿冒險、新奇、天馬行空，暴走與嘗鮮的氛圍，似乎就是果籽類精油的個性。

肉豆蔻是另一個乾燥的香氣，是大漠裡蒙面的神祕中東人士。氣味有塵土沙漠的氛圍，像乾燥飛揚的風吹沙，有顆粒感，微微沙啞的苦澀與酸，讓我想起小時候讀《一千零一夜》裡阿里巴巴與四十大盜的故事，粗獷的中壯年男子，騎著駱駝，有一些曲折離奇、千迴百轉的故事，機智、創意、詭譎變化，卻內斂。

這些自航海時代以來即爲人所知的著名香料，似乎總是可以創造出神祕的奇幻感，帶有異國風情的氣味印象。

香茅活力果系

山雞椒是充滿原動力的小果子，別名馬告。這種樟科大樹的果實，是泰雅族重要的調味料，常用來搭配肉食的百搭香料，有野放又樂天的香氣個性。

山雞椒氣息一開場是渾圓的檸檬調，酸似乎不是來真的，甜倒是很明確，帶上生薑切片的辛感，有類香茅的調子。爽朗的豁達，如在星空下載歌載舞，間或小酌幾杯，把昨日和明日的煩惱都先擱下，不糾結在估算上，先享受美好的當下。有事做事，無事生活。等待香氣變緩，像撒在芭樂切片上的甘梅粉，有著蜜餞般酸溜的甜。尾韻收得圓滑，像山谷裡大面積的綠色風景滑過。

國慶假期特地撥空，騎兩個小時摩托車到烏來，吃一根馬告香腸。那天風很大，屁股坐得發麻，山路一直往上延伸，彷彿永無止盡，我穿過大半個台北，想嘗一口酸溜檸檬香的烤香腸。剛好遇上一個簡單的想望，就順著出發，旁人看來有點傻，自己也想不清當天的動力，卻是生活裡的記憶點，就像山雞椒，總是嚷著：「開心就去做吧！」

春天還想再去，去山上，看馬告淡黃色叢聚的小花，滿開在林子裡。帶些老街上賣的小果子回來，煮雞湯。

木香果系

杜松漿果是柏科大樹的果子，水晶球般的靛藍色，粒粒飽滿地掛在針葉旁，魔幻可愛。氣味個性是硬朗的小夥子，非常肯做。

初始有木質香，帶點陳舊古老的菸草感，有中古世紀亂世佳人的場景氛圍。如地窖裡的橡木桶，或林子裡的木棧板，也像甜甜的松木。

氣味重量屬輕，節奏中到緩，強度卻很夠。末香有些透涼，水潤感多，仍透露著果實萃取的本質，並有野地戶外的森林感，像日系深山的溫泉小屋，地上鋪滿掉落的松針杉葉，覺得濕潤柔軟。

寫到此，突然想起一杯日本琴酒「櫻尾」。製作琴酒需加入多種芳香植物，各家酒莊配方不同，香氣細緻繁複，而杜松漿果就是主要材料，是愛用天然精油者所熟悉的氣息，我因而愛上嘗試琴酒。不過琴酒是蒸餾酒，酒精濃度高，很需要自我約束……

行文至此，忽然想著或許該停筆來杯酒，犒賞自己。直覺地抓了包包出門，往巷口的日本酒店移動。這一天，店長倒酒的量杯透著酒釀之氣，淡木香於其後，甜果香再於其後。強烈的酒精提著木質香氣一直往上，於是有了高聳的森林，有小木屋。

過些時間，開始轉甜而如甘草與甘菊香，很像年少時電視常有的一個口香糖廣告，那是一種站在都會樓頂的灰色印象，通透的涼，卻也有些滄桑。收尾糖果甜很淡很淡，鬆鬆輕飄飄的，像廟會擺攤時，裝在透明塑膠袋裡的那種白粉色棉花糖。

這支來自廣島的琴酒，使用的香料包括三年以上的野生採摘杜松子，以及檜木、黃檸檬、芫荽、綠茶葉、當歸、牡蠣殼、山胡椒木……

啜飲一點入喉，咖啡色的木頭香像咀嚼著的深色菸草，也像運送酒瓶時裝載用的木箱子或松木桶。酒精與香氣混合成明亮透澈的液體入喉，瞬間捕捉到一些橘子皮香氣，然後變成切片的新鮮柑橘香，喉頭溫暖辛辣……香氣反覆變化之間，筆記畫得滿滿，與店長開始聊香氣，聊酒，聊經營。依然是香氣串連的關係，遠遠近近，深深淺淺。

杜松在精油圈子裡，有一個神奇的傳說，即是有名的抗阿飄精油。相傳若至歐洲旅行而入住百年旅館時，帶上他，會是很好的陪伴。

常常在農曆七月或端午使用杜松漿果，出入醫院或告別式後容易不舒服的人也推薦使用，小朋友晚上哭哭啼啼睡不安穩時也可以用上一些。或許是穩定而硬朗的木質香氣，落地沉沉，給自己一些內在強勢的穩定，成為防護力極佳的香氣。

烘焙果系

第一次遇見真的可可果，是在南印度，車行在馬杜賴前往蒙納的國家公園林子裡。超乎想像的龐大果實，二十來公分長，一顆顆掛在樹上，像是放大版的木瓜樹。旁邊黝黑的印度孩子，雙手捧著沉甸甸的果實。鈴鐺般的小花朵與果子緊靠樹幹垂生。果實從黃色，變成綠色，再到深深的紅褐色。待成熟後剖開，內裡排排站著約莫二十來顆披著白皮的可可豆，橢圓彎彎如小腰果。再接續經過發酵、日曬、碾碎、脫殼、烘烤，一路到變成可可膏，再製作成可可脂或可可粉，成為巧克力的原料。

可可精油並不常見，以溶劑萃取而得，精油呈黏稠的深咖啡色。香氣特殊，醇厚帶有酸氣，從溫暖的巧克力褐色調出發，好似聞到袋裝的可可粉。甜甜的烘焙感與堅果香，有剛翻炒完的腰果氣息，像一間專業的巧克力店，提供各種比例的巧克力，整個空間充滿黑褐色的氣味想像：一口送入嘴裡，堅果香融化、擴散，微溫，很幸福。

香氣中段有一些果子的酸澤似烏梅，輕盈地跳過檸檬柑橘果酸，或是淺焙咖啡的酸，像是特調成自己喜歡的可可拿鐵或焦糖可可。我在筆記上寫下：應該很適合營造一間老房子裡的咖啡店吧！

神祕的中東風情，
踏上牧羊少年的奇幻旅程

中古世紀的小酒館
黑胡椒1滴＋杜松漿果2滴＋肉豆蔻2滴

阿里巴巴腹部按摩油
山雞椒3滴＋黑胡椒1滴＋薑黃1滴＋基礎油5ml

遇見下午茶奶香恬適的光

豆莢類

豆莢，是植物的一種果實類型，可作爲糧食、蔬菜或藥用植物使用。

國中時期，母校到處種滿鳳凰木或相思樹，屬於豆科，每年暑假後是結果期，一開學就有掃不完的豆莢，尋常三、四十公分，部分長到可以成爲小拐杖。粗糙的黑褐色，非常堅硬挺立。彎彎的豆莢，有時會自己乾燥裂開，打開後，內有成群排排站好的小籽，是豐收與期待未來的感覺。

拿來萃取精油的豆莢不多，大多以溶劑萃取，價格偏高，不同於前兩類果香的輕盈，他們的氣味是渾厚有份量的甜膩。

香草是蘭科香莢蘭屬的植物，新鮮青豆莢香氣不多，需要將豆莢經過數個月浸泡、曝曬、發酵、陰乾、陳化熟成等繁複的生香程序，方可得到平日熟悉的濃郁香草氣味。

精油香氣如可愛的小公主，容易冒出下午茶糕點們的氣味想像，像是香草奶油蛋糕、香草泡芙、香草OREO、杜老爺香草冰淇淋……初香一點酸溜，接續是飽滿濃郁的甜，膠著扎實，像甜湯或調酒用的糖漿，糖份很多，正等待冰塊融合攪和開來。香氣單純直白，厚實甜感，延伸成實際在舌面上的感覺想像，有小確幸氛圍，像童話故事的王子與公主過著幸福快樂的日子，喜孜孜的，讓自己享樂一下。

零陵香豆屬豆科，又稱東加香豆，來自南美洲亞馬遜叢林，是廚師、調酒師與調香師們的神祕香料。香氣素材是果實裡黑色堅硬的種籽，長得像放大版的葡萄乾，微微皺巴巴，將其拋磨成細粉後，撒入甜品或飲料，就可以享受這個魔幻的甜感香料。

萃取精油時取用的是種籽，不過因爲氣味區段神似香草，是濃郁甜美的香草調，我喜歡放在一起筆記。精油香氣的甜還是濃郁，卻多了些空間感與微妙的層次，氣息區段有輕柔的杏仁與堅果味，也有淡淡的焦糖感與奶甜香，像細緻的千層派蛋糕或棉花糖，較爲鬆軟有紋理，工法繁複些。節奏愜意，像是坐在有窗花的溫柔蛋糕小店，在生活裡找到一時半刻的偷閒時光。

下午四點鐘，
與小王子約會的甜美午茶時光

香草戚風蛋糕

香草1滴（10%）＋晚香玉2滴（10%）

召喚幸福舒壓滾珠

零陵香豆2滴（10%）＋真正薰衣草2滴＋甜杏仁油8ml

類果香，玩耍的老天爺

番外篇

有些天然精油並非由果實萃取，但因爲呈現酸甜的柑橘調，很有果香的想像，我喜歡稱他們類果香。

常見的有檸檬香桃木、檸檬馬鞭草、檸檬尤加利、檸檬香茅等等，芳香化學分屬在醛類，大多是以檸檬醛或香茅醛爲主調的精油。

這類精油呈現的果香帶點香茅調性，多了聚焦的力道，非常明確具體。氣味重量較沉，較其他果香類渾厚得多，並非輕盈的分子，是很有存在感的果子，形成持久又有厚度的果香感氛圍。不過因爲醛類分子較容易刺激皮膚，應用上記得要細心拿捏濃度。

果實類香氣迷你分類

柑橘果皮類	陽光甜甜水果軟糖	甜橙・血橙・萊姆
	清新微酸水果汁	檸檬・葡萄柚・柚子
	大人樣熟成甜澀苦果皮	佛手柑・紅桔
香料果籽類	中東乾燥沙漠風	黑胡椒・肉豆蔻
	活力檸檬香茅調	山雞椒
	橡木桶古銅調	杜松漿果
	重烘焙感醬香	可可果
豆莢類	千層派幸福甜糕點	香草・零陵香豆

* 特別說明：豆莢類的這兩款精油尋常不直接歸類爲果實類萃取，香草使用豆莢，零陵香豆則使用果實內的種籽（不過因其氣味質地甜美可愛，仍然是心目中對果香性格的想像，習慣放在此處記錄）。

單品香氣速寫摘要

・植物名下方分別是英文名／拉丁學名／產地

甜橙
Sweet Orange / Citrus sinensis / Israel
小熊軟糖，香吉士柳橙汁，甜美小女生，開心，日光下玩耍

萊姆
Lime / Citrus aurantiifolia / Italy
彩虹糖，氣泡感，閃閃發亮，活力充沛，歡樂

檸檬
Lemon/ Citrus limonum / Italy
蜂蜜檸檬，檸檬愛玉，果酸，清新乾淨，明亮，活化，各式清潔用品

葡萄柚
Grapefruit/ Citrus paradisi / Italy
現榨葡萄柚汁，剝橘子皮，水感柑橘，酸甜潤澤，輕鬆快樂

佛手柑
Bergamot / Citrus bergamia / Italy
柚子白肉苦澀，圖書館窗邊篩落的日光，幽靜果香，町家店鋪陽光曬過的帆布簾

紅桔
Mandarin / Citrus reticulata / Spain
磚紅色橘皮，皮厚，果香甜，橘子醬，復古，陳舊，磚紅色瓦牆，年節，陳皮梅

黑胡椒
Black Pepper / Piper nigrum / Madagascar
牛排，毛豆，各種胡椒料理，椒香味，乾燥，熱力，鼓譟，冒險，搞怪

肉豆蔻
Nutmeg / Myristica fragrans / Indonesia
中東風情，菸草、木箱味，沙沙細石子，乾燥，塵土，沙漠，大漠黃沙，神祕感

山雞椒
May Chang / Litsea cubeba / China
馬告雞湯，香茅，檸檬果香，樂天有活力，草綠色，生機盎然，圓潤飽滿，簡單

杜松漿果
Juniper Berry / Juniperus communis / France
下雨過後的木棧道，陳舊木頭味，酒窖，木桶，琴酒，辛香，水潤，小木屋

可可果
Cacao Seed / Theobroma cacao / Dominican Republic
巧克力，烏梅，可可奶茶，咖啡色，烘焙感，溫暖

香草
Vanilla / Vanilla planifolia / Madagascar
香草奶油蛋糕，香草冰淇淋，香草香甜酒，糕餅甜點，糖漿，愉悅

零陵香豆
Tonka / Dipteryx odorata / Venezuela
千層派，黑蜜棗，杏仁，莓果味，香草味，糕點，奶昔，有氣質的甜點小店

一棵樹天然香氣
—風味輪—

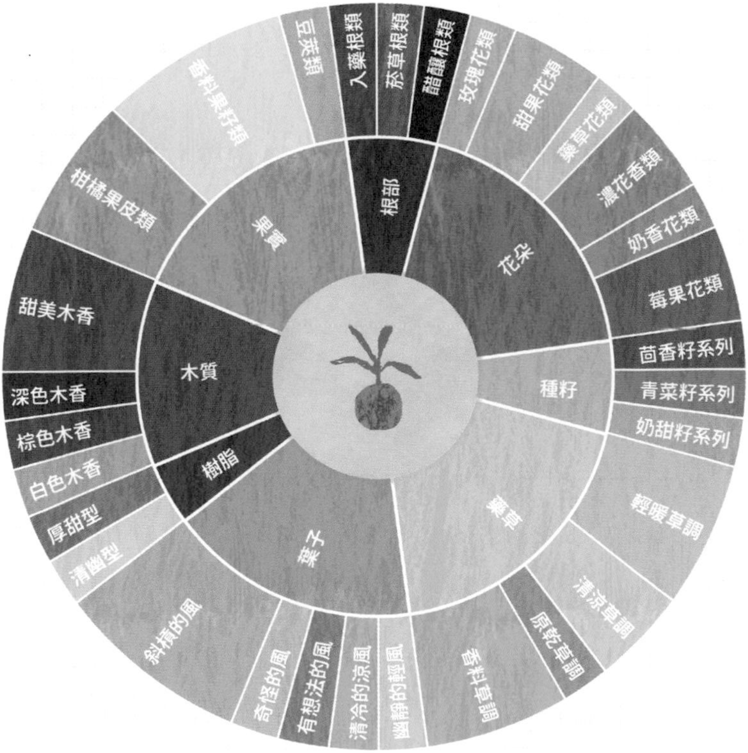
根部
入藥根類
菸草根類
醋醺根類
花朵
玫瑰花類
甜果花類
藥草花類
濃花香類
奶香花類
莓果花類
種籽
茴香籽系列
青菜籽系列
奶甜籽系列
藥草
輕暖草調
清涼草調
原乾草調
香料草調
葉子
幽靜的輕風
清冷的涼風
有想法的風
奇怪的風
斜槓的風
樹脂
清幽型
厚甜型
木質
白色木香
棕色木香
深色木香
甜美木香
果實
柑橘果皮類
香料果籽類
豆莢類

遇見，持續

最初自花蓮搬來台北的時候，
因爲想念自然而埋入香氣。

精油帶著我穿過一段無比思念山海的時光。
記憶中的日出，日落，月圓，潮汐，
峽谷，山林，雲朵，霧氣，台九線上墨色的山巒與壽豐的大草原……
原本是逃避的旅程，但是香氣提醒了呼吸，
提醒著當下，提醒感受四時變化，
提醒實際存在的日光與人。

慢慢地，一點一點打開感知，進入都會的生活。
也因爲遇見奧地利的香氣家族，而有了許多美與細節。
數年來，我與天然香氣親密互動，
有時候是幾分鐘的心情轉換，有時候是肚子疼的陪伴，
有時候是神來一筆的創作靈感，
有時候什麼都沒做，只是畫畫植物、寫下當天的事件或心情。
一天，兩天，一年，兩年⋯⋯
然後，有了這本書。

這本書，終於好像提筆留下些彼此美好的互動時光。
很感謝這些遇見，和這幾年香氣串連起的人，事，空間，自己。

願你也在香氣裡，
遇見初始的微笑與勇氣。

Self-Heal 006

植物芬芳的日常異想

一棵樹的氣味光景

國家圖書館出版品預行編目 (CIP) 資料
植物芬芳的日常異想：一棵樹的氣味光景 / 何欣潔 Poky 著 . -- 初版 . -- 新北市：堡壘文化有限公司出版：遠足文化事業股份有限公司發行 , 2022.05
面；　公分 . -- (Self-heal ; 6)
ISBN 978-626-7092-25-5(平裝)
863.55　　111004595

作者　何欣潔（Poky）
插畫繪製　陳瑞秋

堡壘文化有限公司
總編輯　簡欣彥
副總編輯　簡伯儒
特約編輯　李宛真、倪玼瑜
行銷企劃　許凱棣、曾羽彤
封面設計／內頁構成　陳瑞秋、IAT-HUÂN TIUNN
特別感謝　陳正東、劉育臻、林奕呈、高璽涵、許怡蘭、陳宣名

讀書共和國出版集團
社長　郭重興
發行人兼出版總監　曾大福
業務平臺總經理　李雪麗
業務平臺副總經理　李復民
實體通路組　林詩富、陳志峰、賴佩瑜、郭文弘、王文賓
網路暨海外通路組　張鑫峰、林裴瑤、范光杰
特販通路組　陳綺瑩、郭文龍
電子商務組　黃詩芸、李冠穎、林雅卿、高崇哲、沈宗俊、吳眉珊
閱讀社群組　黃志堅、羅文浩、盧煒婷
版權部　黃知涵
印務部　江域平、黃禮賢、林文義、李孟儒

出版　堡壘文化有限公司
發行　遠足文化事業股份有限公司
地址　231 新北市新店區民權路 108-2 號 9 樓
電話　02-22181417
傳真　02-22188057
Email　service@bookrep.com.tw
郵撥帳號　19504465 遠足文化事業股份有限公司
客服專線　0800-221-029
網址　http://www.bookrep.com.tw
法律顧問　華洋法律事務所　蘇文生律師
印製　呈靖彩藝有限公司
初版 1 刷　2022 年 5 月
定價　新臺幣 480 元